KB000935

이토록 평범한 이름이라도

이 토 록

임승남 지음

평 범 한

나의 생존과 운명, 배움에 관한 기록

이 름 이 라 도

다산
책방

목차

1부
남대문 지하도의 유령들

2부
펜보다 강했던 총칼

3부
작별과 환송회

그리고, 꼬박 20년이 걸렸다

돌베개 출판사의 대표직에서 물러난 후 나는 지업사를 차렸다. 그간 출판계에서 쌓아온 인연으로 인쇄소나 제본소 사람들을 많이 알고 있었지만, 막상 지업사 사업을 시작해 보니 모든 것이 늘 어려웠고 힘들었다. 전두환 정권 시절 출판사를 경영할 때는 거래하던 지업사에서 혹시 모를 감시를 두려워해 종이 자체를 잘 공급해 주지 않거나 비싼 값에 제공하는 바람에 큰 어려움을 겪었다. 그래서 내가 지업사를 양심적으로 직접 운영하여 출판사들이 종이를 편하게 쓸 수 있게 하고 싶다는 소박한 생각이 들어, 사업을 시작하게 되었다.

동시에 나는 무엇보다도 글쓰기에 매달리고 싶었다. 20년 전에 내 인생을 다룬 책 『걸밥』을 출간한 후 다시 책을 쓰겠다고 마음먹은 건 그때 미처 다 담지 못한, 오직 나만이 할 수 있는 인간적인 이야기를 시작하고 싶었기 때문이다. 잘 쓰지는 못하더라도 내가 써야만 하는, 나만이 쓸 수 있는 이야기가 분명 따로 있다고 생각했다.

그리고, 꼬박 20년이 걸렸다.

어쩌면 무모한 도전이었다. 그러나 무모하기 때문에 이처럼 삶의 도전은 아름다운 것인지도 모른다. 특히 자신의 삶을 바꿔보려는 도전이야말로 가장 아름답고 뜻깊은 도전이다. 나는 임승남 이름 석 자도 제대로 쓰지 못하고, 분수라는 개념 자체를 이해하지도 못했다. 그런데도 끈기 있게 달라붙어 한문을 배우고 다른 사람들이 풀지 못하는 수학 문제를 풀고, 수천 번의 실패를 허물고 또 허물어 꼬박 20년 만에 한 권의 책을 완성하게 되었다. 지적인 성취감보다 더 중요한 것은 내 자신에 대한 믿음이었다. 실패했을 때 다가올 상실감과 고통이 두려워 포기한다면 아무것도 이룰 수 없을 것이다. 어떻게든 자신을 변화시키고자 애쓰는 과정에서 얻는 보람과 긍지와 자존감에 비하면 실패에서 오는 고통쯤은 별것 아니라고 생각해 왔다.

인간이 되고 싶다고 마음먹고 나서 수백 번 지난 삶을 돌아보곤 했다. 남들이 부모 밑에서 듬뿍 사랑을 받고 자라 학교에서 공부할 동안, 세상에 태어나 내가 한 것이라고는 앵벌이를 하며 걸밥으로 배를 치우고 도둑질, 싸움질을 한 게 다였다. 그 속에서 이름도 잊고 산지 15년 만에 임승남이라는 '이토록 평범한 이름'을 스스로 다시 지어 부르게 되었다. 보잘것없는 인생이었지만, 이름을 갖고 나서부터 세상에서 제일 나쁜 놈이 '나'라는 사실이 뼈저리게 느껴지면 어찌나 마음이 아프던지. 인생을 바꾸고 싶었다. 감옥에서 비가 오는 날 창밖을 보고 있자면 밖으로 뛰쳐나가 두 팔을 벌리고 서서 온몸으로 비를 맞고 싶었다. 그렇게 해서 나에게 묻어 있는 지난날의 모든 나쁜 버릇과 때를 씻어내고 싶었다.

나는 새로운 사람이 되겠다는 일념으로, 그 과정에서 죽어도 좋다는 마음가짐으로 온몸을 다 바쳐 세상을 향해 뛰어든 경험이 있다. 그렇게 야수에서 인간이 되었다. 내가 가진 올곧은 그 마음가짐 하나만큼은 변한 적이 없다. 더 나은 세상을 위해서는 부딪고 깨어지는 누군가의 희생이나 용기가 있어야 한다. 남의 아픔을 보고 펑펑 울어도 보는 삶, 머리로 대충 아는 것이 아니라 몸 깊숙한 어딘가에서부터 뻗어 나오는 절실함이 있는 삶을 살고 싶었다.

내가 나쁜 놈이라는 것, 이제는 인간답게 살고 싶다는 것. 내게는 그 두 가지 간절함이 있었다. 그런 간절함 끝에 내가 변화를 겪었듯이 내 책을 통해서 많은 독자들이 진심으로 자신의 심장을 뛰게 하는 일, 그리고 세상을 밝게 만드는 일을 향해 힘차게 한 걸음을 내딛을 수 있다면 좋겠다. 벌써 할아버지가 되어버린 내가 이 세상에 남긴 흔적이 무엇인지 스스로 되돌아볼 수 있다는 것만으로도 매우 행복하다. 내가 살아온 험한 세월에 대해 조금이라도 관심이 있는 이라면 누구든 함께 마주 앉아 도란도란 이야기를 나누고 싶다.

1부

남대문 지하도의 유령들

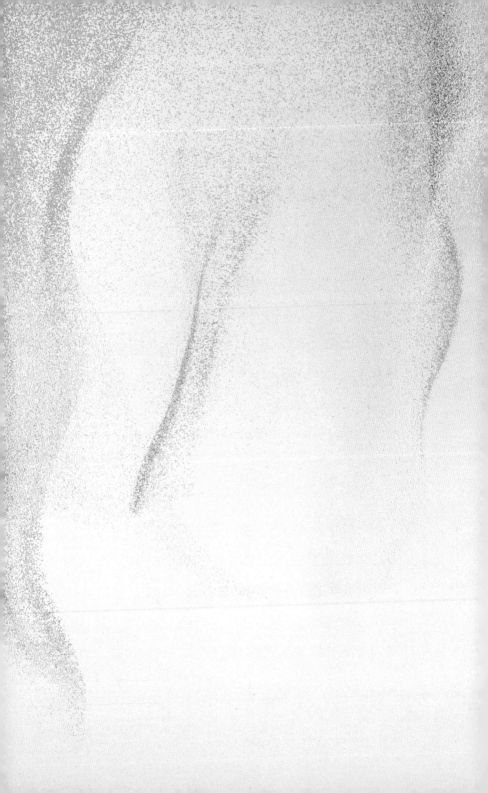

남대문 지하도의 유령들

정도, 인디안, 죽장마, 찐꼰대, 촌놈, 등치, 등치꼬마, 중등치, 땜통, 캉가루, 넙죽이, 사파리, 까부리, 개바리, 물색, 아갈보, 엄마야, 똥덩어리, 학비리, 찌루, 꼴통, 골초, 뺀뺀이, 낑꾸리, 생쥐, 빨간모자, 빨강, 꿀꿀이, 만리동, 만석, 경상도, 전라도, 명복, 정식, 중식, 일번, 이번, 삼번. 비쩍 말랐으면 갈비, 뚱뚱하면 돼지, 흉터가 있으면 땜통.

여러 이름들이 있었다. 길에서 생활하던 어린 시절에 대한 이야기다. 우리에게 고향이나 이름, 나이 같은 것은 중요하지 않았다. 이도 저도 없을 때는 번호를 붙이기도 했다. 나는 꼬마라고도, 이쁜이라고도 불렸다.

1953년. 거리는 아직 6·25전쟁이 남기고 간 스산한 적막에 잠겨 있었다. 해가 지면 사람도 자동차도 사라지고, 쓸쓸

한 바람과 나만 남았다. 밥을 먹고 싶다는 생각도 못한 채 나는 정처 없이 길을 걸으며 울고 있었다. 아마 네다섯 살 무렵이었을 것이다. 아이들은 세 살 때부터도 걸어 다니니까 어쩌면 세 살이었을 수도 있겠다. 곁에 엄마 아빠가 없었지만 찾아야겠다는 간절함도 없었다. 나는 그렇게 길에 툭 떨어졌다.

고아가 되어 아무도 없는 어두컴컴한 거리를 혼자 울면서 걷자니 막막함이 온몸으로 몰려들었다. 주변에 걸어가는 사람이 있으면 그의 뒤를 따라가며 울었다. 어린 내가 할 수 있는 것은 오직 그렇게 울면서 하염없이 걷는 것뿐이었다. 걷다 보면 멀리 어렴풋한 불빛이 보였다. 가까이 다가갈수록 작은 불빛은 점차 보름달처럼 커졌다. 그 밑에서 보초를 서고 있던 순경이 나를 데리고 파출소 안으로 들어갔다. 저녁에는 식당이 문을 열지 않아 순경들끼리 냄비에 해 먹고 남은 누룽지로 종일 굶은 배를 채우고 나무 의자에서 새우잠을 잤다.

그때는 앵벌이가 무엇인지도 몰랐다. 5살 정도 되는 어린 아이가 길에 쪼그리고 앉아 있으니, 지나가던 사람들이 품에 돈을 넣어주었다. 하지만 그 돈으로 무엇을 사 먹을 줄도 몰랐으므로 내리 잠만 잤다.

"죽은 거 아니야?"

"꼬마야. 일어나 봐."

누군가가 나를 흔들어 깨우는 소리가 들리면 일어나서 다른 사람들과 함께 팥죽을 먹었다. 모두 지하도에서 앵벌이 생활을 하는 형들이었다. 밥도 먹지도 않고 꼼짝없이 잠만 자고 있으니, 저러다 죽겠다 싶었는지 형들은 눈도 제대로 뜨지 못하는 나를 강제로 깨워 남대문시장으로 데려갔다. 시장 입구에서 아주머니와 할머니들이 집에서 만든 칼국수나 수제비, 또는 팥죽 같은 것을 항아리에 담아 와 팔고 있었다. 시커먼 누룽지 밥만 긁어 먹다가 설탕이 들어간 달달한 팥죽을 먹으니 시들었던 생기가 다시 타오르며 정신이 번쩍 들었다. 그때 남대문시장에서 먹은 그 팥죽 맛은 아마 죽는 날까지 잊지 못할 것이다.

나는 남대문 지하도에서 그해 겨울을 났다. 단순한 생활이었다. 하루 종일 쪼그려 앉아 있다가 아이들을 따라가서 팥죽을 먹고, 다시 자리로 돌아와 새우처럼 몸을 만 채 잠을 잤다. 날이 어둑해지면 노숙자, 리어카꾼, 지게꾼 아저씨들이 가마니나 박스, 신문지 같은 것을 옆구리에 낀 채 유령처럼 슬금슬금 지하도로 몰려들었다. 김밥과 우동, 찐빵이나 만두를 파는 가게에서 쓰고 남은 연탄에 불씨가 남아 있었지만 쇠갈고리를 손에 든 경비들이 우리를 모두 내쫓고 철문을 닫았다. 닫힌 철문 안에서 앵벌이, 노숙자, 지게꾼이 함께 가마니와 박스를 깔고 잤다. 나는 한겨울 내내 신문지 한 장 없이 차디찬 시멘트 바닥 위에서 깊은 잠을 청했다. 사람들이 계단을 오르내리는 시간이 되어서야 일어날 때가 많았는데, 그날은 유독 일찍 잠에서 깼다. 주변엔 아무도 없었다. 뒤늦게 지하도에 나 혼자뿐이라는 사실을 깨달았다. 그때 계단 위쪽에서 말소리가 들려왔다. 익숙한 목소리를 따라 계단을 밟고 지상으로 올라갔다. 팥죽을 먹으러 시장 쪽으로 올라가 본 적은 있지만 그쪽은 처음이었다. 지하도에서 생활하는 할아버지, 아저씨들, 그리고 앵벌이 형들이 빙 둘러 모여 있는 것이 보였다. 깔고 잔 신문지, 박스, 가마니 따위를 태워 밤새 추위에 언 몸을 녹이고 있는 거였다. 활활 타오르는 불길에 몸을 녹이는 맛은 겨울에 난장을 쳐 본 사람이 아니라면 모를 것이다. 가마니를 새로 태울 때는 거센 불길을 피해 다 같이 조금씩 물러났다가, 불길이 잦아들면 도로 다가가 앉기를 반복했다. 하나같이 말도 표정도 감정도 없는 유령들 같았다. 새벽바람 속에 바지런한 행인들이 하나둘 나타나면 불씨도 얼추 사그라졌다. 그때쯤 함께 불을 쬐던 지하도의 유령들은 어깨를 축 늘어뜨린 채 어디론가 하나둘씩 사라졌다.

나는 남대문 지하도 생활에 빠르게 적응하기 시작했다. 더 이상 울지 않았으며, 계단 틈새에서 들풀이 자라듯이 조금씩 커갔다.

무릎을 꿇고 납작 엎드려 손을 내밀고 있는 것이 여간 힘든 게 아니라, 우리는 계단 밑이 아닌 입구에서 움직여 보기로 했다. 돈을 받을 왼손은 깨끗한 채로 두고, 오른손에 시커먼 연탄가루나 재를 묻힌 다음 한껏 멋을 부린 사람들에게 다가가는 거였다. 네다섯 명이 지하도 입구에 서서 적당한 상대가 있는지 내려다보다가, 앞을 막아서며 옷에 검댕을 묻힐 것처럼 겁을 주면 다들 기겁했다. 우리가 근처에만 가도 질색을 하는 사람들이었다. 그들은 어쩔 수 없이 통행세를 내고는, 밑바닥 생활을 하는 앵벌이한테 농락당한 것이 분한지 성질을 내며 투덜거렸다. 가끔은 그럴싸하게 빼입었지만 돈은커녕 전차표도 없는 사람들이 걸릴 때도 있었다. 옷을 그렇게 입었는데 돈 한 푼 없다는 것이 믿기지 않아 시커먼 손으로 문지르려고 하면 두 손을 싹싹 빌면서 가방 속까지 다 뒤집어 보이며 사정하는 사람들도 있었다.

앵벌이 일만 한 것은 아니었다. 담배꽁초를 주워 팔기도 했고, 밥을 구걸해서 먹는 시라이막*에 머물던 적도 있었다. 할아버지들은 막대기 끝에 바늘 서너 개를 고무줄로 칭칭 감아 만든 찍개로 길에 떨어진 담배꽁초를 톡톡 찍어 모았지만, 나는 비닐봉투 하나만 들고 종로, 동대문, 신설동, 제기동, 청량리까지 가서 꽁초들을 모조리 수거해 왔다. 거기다 다방이나 사무실 쓰레기통을 뒤지면 다른 사람들보다 더 많은 꽁초를 모을 수 있었다. 그렇게 모은 것을 일일이 깐 다음 저울에 달아 근 단위로 팔았다. 앵벌이보다 벌이는 시원찮았지만, 좁은 남대문 지하도를 벗어나 서울 시내 어디든 마음대로 돌아다닐 수 있다는 것이 좋았다.

청량리 쪽에서 돌아오던 길이었다. 성동역의 양철 쓰레기통 안에 긴 꽁초들이 수북했다. 횡재라도 한 것처럼 신이 나서 줍고 있는데, 사무실에서 하얀 가운을 입은 사람이 나왔다. 그는 마치 원래부터 나를 알고 있었던 것처럼, 얼굴을 보고 깜짝 놀라더니 주위를 살피곤 다짜고짜 사무실로 끌고 들어갔다.

---

* 시라이(넝마나 헌 종이, 빈 병 따위를 주워 모으는 사람)들이 머무는 숙소.

"누가 시켰어? 바른대로 말해! 빨리 대지 못해?"

나는 엉엉 울었다. 그는 내 뺨을 찰싹찰싹 때리기도 하고, 손가락 사이에 연필을 끼워 힘껏 누르기도 했다. 너무 고통스러워 자지러지게 울었다. 이번에는 한 아줌마가 나오더니, 나를 조용한 구석으로 데려가서 지금까지 살아온 이야기를 해보라며 살살 달랬다. 나는 생각나는 대로 마구 털어놓았다. 이야기를 듣고 나서 아줌마가 모두 사실인 것 같다고 내 편을 들어주었는데도, 그 남자는 내가 누군가의 지시라도 받고 자신을 일부러 찾으러 온 것이라 확신하는 것 같았다.

내가 최초의 기억으로 가지고 있는 것은 어머니와 아버지가 싸우는 장면이다. 나중에 커서 다시 떠올려보니 어머니가 집안을 무너뜨릴 정도의 실수를 저질렀고, 그 사실을 안 아버지가 새벽에 괴성을 지르며 울분을 토해내자 어머니가 매달려 울면서 용서를 빌었던 것 같다. 나는 그 옆에서 집이 떠나가라 울어젖혔고, 젖먹이 남동생은 포대기에 싸인 채로 앙앙 울었다.

어머니가 나와 남동생을 데리고 문간방으로 건너와 있는데 어떻게 알고 웬 하얀 가운 차림의 남자가 방 안으로 찾아와서는 어머니 팔에 주사를 놓고 갔다. 곧이어 아버지가 죽을 쒀서 가지고 들어와 어머니를 깨워보았는데, 이미 돌아가신 뒤였다. 내가 하얀 가운을 입은 아저씨가 왔다 갔다고 하자 아버지는 집 밖으로 뛰쳐나갔다. 우리가 살던 집 앞 골목길 저 멀리 남자가 멀어지고 있었다. 아버지가 서둘러 그를 쫓아갔지만, 결국 잡지 못했다. 어머니의 죽음에 충격을 받은 아버지는 돌아가시기 전까지 내내 그 사람을 찾는 데에 총력을 기울였다.

어린 시절의 기억에 의하면 아버지는 청량리시장에서 옷감 장사를 했고, 어머니는 사진관을 운영했다. 큰형은 입대했고 작은형은 집을 나갔다. 거기에 누나 둘과 나, 그리고 젖먹이 남동생까지 총 6남매였다. 군복을 입은 큰형의 모습을 본 기억이 있다. 안방마루를 건너오던 그는 건너편 방문턱에 앉은 나를 턱짓으로 가리키며 새엄마가 데리고 온 아이냐고 물었던 것 같다. 아버지는 그렇다고 답했다.

누나들에 관해선 딱 한 번, 내 손을 잡고 근처 가게에서 꽈배기를 사준 소중한 기억이 있다. 아마도 나와 헤어질 거라는 것을 알고 가여워서 그랬을 것이다. 개천 주변에 판잣집들이 즐비하게 늘어서 있었다. 나는 그중 한 집에 맡겨졌다. 주인아저씨는 아버지의 사정을 봐서 멋쩍게 웃어주었지만, 아주머니는 노골적으로 싫은 표정을 지었다. 그들에 겐 내 또래 아이도 있었는데, 나는 그 애가 좋아하는 반찬은 손도 대지 못하고 다른 것들만 골라 먹었다.

그 집 식구들과 창경원에 놀러 간 날이었다. 내가 아주머니 옆에서 떨어지지 않으려고 기를 쓰자, 그녀는 마침내 작심한 듯 화장실 좀 다녀올 테니 여기서 꼼짝 말고 있으라고 당부하곤 사라졌다. 아무리 시간이 지나도 돌아오지 않았다. 깜깜한 밤이 되어서야 나는 엉엉 울면서 창경원을 빠져 나와 용케 개천 입구의 파출소까지 찾아갔다. 파출소의 긴 나무 의자 위에 누워 있는데, 누군가가 억지로 깨우기에 힘겹게 눈을 떠보니 아버지의 얼굴이 보였다. "아빠!" 반가움의 탄성이 터져 나왔다. 그러자 아버지는 나를 꼭 안아주었다.

아버지와 나는 더 이상 가동되지 않는 콩나물 공장 안에서 지내기 시작했다. 어떻게 그 열악한 공간에서 밥을 먹고 용변을 해결했는지 기억이 나지 않는다. 아버지는 어느 날부터인가 몸이 불편한지 누워계시더니 그대로 돌아가셨다. 졸지에 혼자가 된 나는 그때부터 무작정 거리로 나와 걷기 시작했다.

하얀 가운의 남자. 나는 그가 우리 집에 원한을 품고 어머니를 돌아가시게 만든, 그래서 집안을 무너뜨리고 나를 고아로 만든 사람이라고 확신한다. 낮에 끌려 들어간 나는 다음 날 새벽까지 시달리다가 화장실에 데려다 주겠다며 나를 밖으로 데리고 나간 아줌마의 도움으로 겨우 풀려났다. 그날 이후 나는 담배꽁초 줍는 일을 그만두었다.

밥 좀 주쇼, 예— 좀 주쇼!

 지하도로 돌아온 나는 사직동의 중앙보호소로 끌려갔다. 그곳에서는 우리를 운동장만큼 넓은 강당에 가둬놓았는데, 나는 군데군데 산처럼 쌓여 있는 이불이 무너질까 봐 무서워 근처에 다가가지 못했다. 남들과 제대로 어울리지도 않고 혼자서 떨어져 외롭게 지내다가, 드나드는 문이 잠겨 있지 않은 걸 알고는 그대로 도망쳐 나왔다. 그 후 나는 운이 좋게도 '고아들의 꿈'이라 불리는 5·8보육원에 입소하는 행운을 얻었다.

 당시 시흥에는 미군들이 사용하는 옷과 침량, 텐트 등을 취급하는 5·8부대와 식량을 관리하는 2·8부대가 있었다. 두 부대의 도움을 받아 운영되는 5·8보육원은 그야말로 고아들의 천국이었다. 하얀 쌀밥을 수북이 쌓아놓고 먹을 수 있었고, 가끔은 통조림이나 과자도 구할 수 있었으며 마음대로 돌아다닐 수도 있었다. 게다가 학교와 교회까지 보내주었다. 나 역시 이때 시흥국민학교를 3학년 초까지 다니며 한글을 배웠다.

그런데 두 부대 간에 충돌이 생기기 시작했다. 새로 부임한 2·8부대장이 보육원 이름을 '2·8보육원'으로 바꿀 것을 요구하며 쌀의 양을 줄인 것이다. 보육원장은 두 부대 사이를 오가며 갈등을 해결해 보려고 애썼지만, 점차 밥그릇에 쌀보다 보리가 많아지자 보육원을 떠나는 아이들이 많아졌다. 나 역시 도망치자고 꼬드기는 친구를 따라 보육원을 나와서 시라이막 생활을 하기 시작했다.

전쟁은 도시의 모습을 송두리째 바꾸어놓았다.

대부분의 산업 시설들은 파괴되었고 거리마다 실업자가 흘러넘쳤다. 깡통 한 개, 종이 한 장이 아쉬운 시대였다. 작은 시장이라도 끼고 있는 동네라면 저마다 적게는 50~60명, 많게는 100명 넘게 수용하는 크고 작은 시라이막이 있었다. 내가 시라이막에서 밥을 구걸해 먹고살 때는 싸리나무로 만든 둥근 추렁*이 가장 중요한 도구였는데, 무게를 지탱하

---

* 어깨에 걸치는 바구니.

기 위해 미군들이 차는 널찍한 공갈 혁대를 끈 대신 달아서 사용했다. 시라이꾼들은 추렁을 한쪽 어깨에 메고 다니며 별의별 것을 다 집게로 주워 담았다. 고물이 많을 때는 추렁 안을 발로 밟아 부피를 줄였고, 그래도 고물이 넘쳐나면 박스나 양철로 추렁 둘레를 높이 감싸서 사용했다.

시라이막의 일과는 단순했다. 새벽같이 일어나 빈 추렁을 짊어지고 바깥을 한 바퀴 돈 다음, 아침 10시쯤 돌아와 걸밥을 먹고서 좀 쉰다. 그런 다음 다시 추렁을 메고 나가면 이번에는 저녁 늦게 돌아온다. 개미처럼 부지런히 돌아다니면서 길바닥이나 쓰레기통에 널린 종이, 넝마, 깡통, 병, 유리 조각, 고철, 나무 등 재활용할 수 있는 것이라면 무엇이든 다 주웠다. 일한 값은 무게를 달아 지급받았다. 긴 막대 저울에 달린 쇠고리를 한쪽 추렁 끈에 걸고 다른 한쪽에 쇠붙이들을 올려가며 근수를 쟀다. 기록 담당은 매일같이 무게를 적어두었다가 한 달에 두 번, 보름과 말일에 대금을 치렀다. 기록을 후려쳐도 불평불만을 가질 수는 없었다. 열심히 일해도 정작 돈은 얼마 되지 않았다. 그렇기에 시라이꾼들은 주로 나 같은 어린아이들을 모아 걸을 달아 오라고 시켰다.

나는 짱구라는 사람 밑에서 일을 시작했다. 털메기(넝마)

를 두르고, 굵은 철사를 긴 걸대 까바리(밥그릇)와 작은 까바리를 팔목에 걸치고 남의 집 대문 앞에 가서 먹다 남은 밥 좀 달라고 외치는 거였다.

"밥 좀 주쇼, 예— 좀 주쇼! 예— 밥 좀 주쇼, 예—."

집 안에 있는 사람들이 다 들을 수 있도록, 그래서 동정심이 일어나도록 구슬프고 처량하게 소리를 길게 빼며 외쳤다. 창피하거나 부끄러움 같은 것은 하나도 없었다. 그러기엔 너무 어렸다. 앵벌이를 할 때와 마찬가지로 걸을 달 때 아주머니들에게 특히 동정표를 샀다. 어느 식모 누나는 내 목소리가 들려오기를 기다렸다가 주인 몰래 밥을 내주기도 했다.

시라이막에서는 초상집 문방*을 서주기도 했다. 이때는 초상이 나면 어찌해 볼 도리 없이 걸인들이 몰려들었다. 초상집에서 시라이막에 돈을 주고 부탁하면 두 사람이 나가 문방을 서주었다. 가끔 검사나 경찰 간부처럼 높은 사람 집에서는 왜 쓸데없이 돈 주고 사람을 사느냐며 마다하는 경우가 더러 있었다. 그건 아주 잘못된 선택이었다. 다른 건 몰라도, 초상집만큼은 검찰총장이 아니라 대통령 할아버지

* 걸인들이 들어오지 못하게 문 앞을 지키는 일.

가 돌아가셨어도 문방을 세우지 않고는 제대로 일을 치를
수 없었다. 어디서 어떻게 냄새를 맡았는지 골목을 메운 거
지들이 꾸역꾸역 끝도 없이 모여드는데 도대체 무슨 비책
이 있을 수 있겠는가. 쫓아내고 쫓아내도 배고픈 사람들이
밀물처럼 밀려온다. 집 안으로 들어가 아무데나 벌러덩 드
러눕기도 한다. 때리든 말든, 굶어죽게 생겼으니 차라리 잡
아가서 관 밥이라도 달라는 식으로 배짱을 부린다. 대문간
은 장례 기간 내내 진종일 시끄럽다. 사정이 이러하니 상주
들은 돈은 달라는 대로 줄 테니까 제발 문방 좀 서달라고 애
걸복걸하게 마련이었다. 그러니 초상이 나면 시라이막은
횡재였다. 문방을 서면 손님들이 먹다가 남긴 밥은 물론이
고 따로 모아놓은 부침개와 편육 따위도 얻을 수 있었다.

하지만 그 일도 오래 하지 못하고 도망을 친 나는 다시
남대문 지하도의 앵벌이로 돌아왔다. 그러다가 단속에 걸
려 응암동에 있는 서울시립아동보호소로 들어가게 되었다.
사직동에 있던 중앙보호소를 없애고 응암동 야산을 깎아서
새로 만든 대규모 아동보호시설이었다.

"와아! 눈이다!"

누군가가 탄성을 지르자 아이들이 창가로 달려갔다. 성

에가 두텁게 끼어 있는 창문 틈에 얼굴을 들이대자 밤새 내린 눈이 천지를 하얗게 뒤덮은 광경이 보였다. 그러나 동심으로 돌아가 있던 아이들의 뺨을 세찬 겨울바람이 몰려와 후려쳤다. 우리는 빗자루와 양은 세숫대야를 챙겨 운동장에서 눈을 치우기 시작했다. 통장은 장화, 실장들은 운동화를 신었다. 고참들도 옷을 찢어 만든 귀마개에 덧버선까지 신고 있었지만 너무 어려서 맞는 고무신조차 없는 우리들은 맨발이었다. 발가락 사이사이로 눈이 들어왔다. 맨손으로 꽁꽁 언 세숫대야를 잡으니 손가락이 떨어져 나갈 것 같았다. 눈물을 억지로 참아내며 통증에 못 견딘 발을 동동 구르면서 모여 서 있는데, 꾀를 부린다고 생각한 것인지 통장이 우리를 집합시켰다.

곡괭이 자루로 10대씩 맞을 때도 끄떡없던 아이들이, 이날은 마른 빨래가 빨랫줄에서 떨어지듯 축 쳐져 바닥으로 쓰러졌다. 체벌이 끝나고 나서는 일어서지도 못하고 배를 바닥에 깐 채로 몸을 좌우로 흔들며 손목을 이용해 기어왔다. 놀란 눈동자가 토끼처럼 새빨개져 있었다. 결국, 점심시간에 이탈자가 발생했다. 먼저 식사를 마친 친구들이 식당에서 나오기를 기다리며 서 있을 때였다. "저기 누가 도망간다!" 누군가의 외침에 내다보니 하얀 눈밭 위 검은 운동복을 입은 한 아이가 새끼 곰처럼 기어가는 것이 보였다. 밥을 먹고 느긋하게 나오던 통장들이 그 모습을 발견하곤 운동화 끈을 조여 매고 뒤를 쫓기 시작했다.

도망쳤던 아이는 속옷만 입은 채로 운동장에서 매를 맞았다. 살려달라며 몽둥이를 붙잡고 사정하는 아이의 가슴과 배가 구둣발에 무참하게 짓밟혔다. 우리가 죄를 짓고 들어온 것도 아닌데, 무슨 사람을 저렇게 잡느냐고 여기저기서 수군거리는 소리가 들려왔다. 수십 대를 맞은 아이는 엉덩이 살이 다 뭉개지고 터져 옷에 달라붙을 정도로 상처가 심했다. 시퍼런 멍이 등과 어깨까지 구렁이처럼 징그럽게 번져 있어, 차마 오래 바라보지 못하고 고개를 돌려야 했다. 그것은 절대 이곳을 벗어나지 말라는 가장 확실한 경고였다. 매를 맞아도 금세 잊고 장난을 치던 우리였지만 이날만큼은 모두가 숙연한 하루를 보냈다.

잠자리에 들면서 나는 꿈에 엄마가 나타나기를 간절히 빌었다. 기억나지 않는 얼굴을 꿈에서 잘 봐두었다가, 울고 싶을 때 엄마 얼굴을 떠올리고 싶었다. 간절한 바람이 통한 것일까. 그날 밤 꿈에서 엄마를 만났다. 푸른 초원 위 듬성듬성 솟아 있는 고목나무 위에서 엄마가 나를 내려다보고 있었다. "엄마! 엄마!" 나는 큰 소리로 외치며 전력을 다해

달려 나가기 시작했다. 가까이서 얼굴을 보려고, 나무 밑까지 바짝 다가가 애타게 기다렸지만 엄마는 다른 나무로 옮겨갔다. 나는 계속해서 "엄마!"를 부르짖으며 쫓아가기를 반복하다가 꿈에서 깨어났다. 속상하고 야속했다. 다시 얼굴을 떠올리려 아무리 애를 써도 그려지는 것이 없었다. 문득 소변이 마려워 자는 친구들 몰래 자리를 조심스레 빠져나오는데, 뒷문이 흔들거리는 것이 보였다. '도망!' 두려움 때문에 머릿속에서 지워두었던 도망이라는 두 글자가 불현듯 떠올랐다. 들키면 죽음이라는 생각에 잠깐 주춤했지만, 어느새 내 몸은 뒷문을 조심스럽게 빠져나가고 있었다. 철조망 앞에 다다라서야 뒤늦게 맨발인 것을 알았다. 맨발로 철조망을 오르는 건 도저히 불가능할 것 같았다. 그 대신, 통장이나 실장들이 사적으로 드나들곤 하던 개구멍을 찾았다. 빠져나오는 건 순식간이었다.

나는 산길을 마구 내달리기 시작했다. 뒤덮여 있는 눈이 뾰족한 나뭇가지와 돌멩이를 막아주어 맨발을 보호해 주었다. 그러나 아스팔트는 사정이 달랐다. 상할 대로 상한 발을 이끌고 남대문 시장으로 가 버려진 헌 신발을 뒤져보았지만, 전부 어른들 신발뿐이었다. 결국 그나마 발목까지 꽉 조일 수 있는 농구화를 주워 신었다. 닳고 닳아 물이 스며오는 신발을 끌고 내내 시장을 돌아다니다가, 견딜 수 없을 지경이 되면 식당가 난로 앞으로 찾아가 말린 후 다시 신는 것을 반복했다. 다시 아동보호소로 잡혀 온 후에 그 커다란 신발을 벗겨냈을 땐, 발이 걷잡을 수 없을 정도로 퉁퉁 부어 있었다.

나는 7통에 배정받았다. 7통은 구타나 기합이 없고 분위기가 좋아 지낼 만한 곳이었다. 첫날 밤, 오래간만에 따뜻한 온돌방에서 잠을 잤다. 그런데 몸이 불덩이처럼 뜨거워지고 열이 나서 정신을 잃었다. 눈을 떠보니 보호소 안에 있는 병실이었다. 두 종아리가 허벅지와 구별이 안 될 만큼 퉁퉁 부풀어 있었다. 걸을 수 없어 침대에 누운 채로 똥오줌을 싸야 하는 처지가 되었다. 동상이었다. 조금만 늦었으면 두 다리를 절단해야 할 수도 있었다고 했다. 병원에서 지내며 다리는 완쾌되었지만, 서너 달 뒤에는 갑자기 숨이 차서 제대로 걸을 수 없게 되었다. 밥을 먹으러 갈 때에도 남들보다 30~40분 미리 출발해 천천히 쉬어가며 식당으로 향했다. 돌아오는 길은 언덕이라 더 걷기가 힘들어 한 시간 이상 걸렸다. 결국 나는 엑스레이상 이상이 있다는 소견을 받고 캐나다에서 운영한다는 마포 순환병원에 옮겨져 입원 수속을 밟았다. 그러고는 수술실로 곧바로 끌려 들어갔다. 의사가 내 왼쪽 옆구리에 약을 칠하더니 큼지막한 주사기를 찔렀다. 몸에서 노란 물이 뽑혀 나오기 시작했다. 다음 날부터 참기 힘든 고통이 온몸을 파고들었다. 나는 비명을 지르다 못해 병원이 사람을 잡는다며 고래고래 악을 썼다. 간호사들은 두 눈을 동그랗게 뜨고 서로를 바라보기만 했다. 나를 사람으로 취급하지도 않는 것 같았다. 숨이 넘어가 죽을 것 같았던 통증은 다행히 하루가 더 지나자 언제 그랬냐는 듯이 사라졌다.

순환병원 1층에는 진료실, 수술실, 약제실, 식당이 있었고, 2층은 전체가 병실이었다. 가정 형편이 어려운 아이들과 고아원에서 결핵에 걸려 온 아이들이 한 병실에 3~4명씩 입원해 있었다. 대부분의 병실에는 부모에게 버림받은 100여 명의 젖먹이 아이들이 손수건만 한 침대에 누워 있었다.

캐나다에서 운영하는 병원이라 시설은 최상급이었다. 미군들이 사용하는 식판을 쓰는 데다, 쌀밥과 고깃국은 기본이고 끼니때마다 달걀 프라이와 사과 같은 과일도 한 조각씩 나왔다. 약 먹을 때는 물 대신 마실 우유 한 컵씩이 또 나왔다. 나에게 그곳은 5·8보육원만큼이나 지상낙원 같았다.

나는 그곳에서 만화를 처음 만났다. 결핵 때문에 일반 가정집에서 와 입원한 형이 보던 만화였다. 『정의의 사자 라이파이』는 단연 최고였다.『라이파이와 녹의 여왕』속 복면을 쓰고 비행기에서 밧줄을 타고 내려온 라이파이가 세계를 지배하려는 녹의 여왕과 싸우는 장면은 황홀해서 넋을 잃을 정도였다.

『마음의 샘터』라는 책

그러나 곧 만화와는 전혀 다른 세계로 다시 돌아와야 했다. 나를 반겨주는 곳은 어디에도 없었다. 병원에서 나온 뒤에는 결국 남대문 지하도로 다시 돌아갔다.

그때부터는 '꼬마' 딱지를 떼고 '이쁜이'라고 불리기 시작했다. 나는 남대문시장에서 들치기*를 하는 사팔이, 까불이와 같이 생활했다. 가게 주인이 한눈을 파는 사이에 까불이가 옷을 집어 건네주면 치기바**인 나는 그걸 옮겼고, 사팔이는 망을 봤다. 주인에게 발각될 때 물건을 들고 있는 사람은 주로 나여서, 나 혼자만 시장 경비실로 잡혀 들어가 흠씬 두들겨 맞는 게 일상이었다.

어느 날, 여느 때처럼 홀로 경비실을 나선 나는 친구들에

---

* 상점에서 물건을 훔치는 일.
** 물건 운반책.

게 돌아갈 마음이 들지 않아 을지 공원에 홀로 앉아 있었다. 간섭하는 사람 하나 없이 배고프면 걸을 달아 먹고, 졸리면 의자에 누워 잘 수 있으니 마음이 편안했다. 그러나 그 평화는 오래가지 못했다. 초티(초저녁 도둑질)를 보러 가는 10여 명의 도둑들이 내 앞에 나타난 것이었다.

당시 서울에는 남산구짜, 명동구짜라는 커다란 두 조직이 있었다. 남산구짜는 낮에는 사람들이 다니지 않는 남산에서 지내다가 저녁에 도시로 내려오는 이들이었다. 주로 20~30대로 이루어져 있으며, 그보다 더 어린 청년 몇이 초티로 생활비를 벌어 왔다. 명동구짜는 10대 초중반 아이들 30~40명이 모인 집단이었다. 두목은 없었다. 나는 나보다 2~3살, 많게는 8살까지 많은 아이들과 함께 주택가에서 우르르 몰려다니며 쇠로 된 문고리와 편지함을 죄다 뜯어 고물로 팔았다. 빈방에 들어가 신사복과 라디오를 훔치기도 했다. 모든 아이들이 나처럼 핏줄 하나 없는 고아인 것은 아니었다. 친척집에서 뛰쳐나왔거나 계모가 자기를 구박한다며 가출한 친구들도 있었다.

털메기, 까바리, 꼬니대*가 우리의 필수품이었다. 더러

* 자물쇠를 따는 도구로, 포크에서 가운데 창 하나만 남기고 다른 것들은 모두 잘라낸 뒤 납작하게 만든 도구.

는 철공소에서 표창을 제작해 갖고 다니는 친구들도 있었다. 빵이 먹고 싶으면 제과점 문 앞에 줄곧 서 있기만 하면 되었다. 우리가 그렇게 서 있으면 드나드는 손님들이 꺼리기 때문에, 주인들은 빵 부스러기라도 모아놓았다가 건네주곤 했다. 가끔은 단체로 영화 관람도 했다. 종로 2가에 있는 우미관과 종로 1가 화신백화점 5층에 있는 화신극장은 까바리만 들지 않으면 받아주었다. 시민회관(현 세종문화회관) 별관에서 열리는 결혼식이 끝나기를 기다렸다가 답례품을 훔쳐 노점상들에게 싸게 넘기기도 했다.

세상이 온통 우리들 것만 같았다. 걸밥으로 쉰밥을 받으면 상한 밥을 그 집 대문에 칠하고 김치, 콩나물 같은 반찬을 뿌렸다. 그러고도 분이 풀리지 않아 똥수깐에서 대빗자루나 긴 막대기에 똥을 묻혀 와 대문에 똥칠을 해놓고 발로 걷어찼다. 광화문, 서소문, 종로, 을지로, 사직동의 파출소마다 시민들의 항의가 빗발쳐 낮이고 밤이고 형사들이 우리가 몰려 있는 곳을 기습했다. 도망치는데도 악착같이 쫓아와 마치 분풀이를 하듯 경찰봉으로 두들겨 팼다. 아동보호소로 보내봤자 다시 돌아올 테니 그저 사정없이 패기만 하는 거였다. 그 과정에서 머리가 깨지거나 팔다리가 부러지는 아이들도 있었다.

밥만 훔쳐 먹을 줄 알았지 차마 물건에 손댈 생각은 하지 못했던 나는, 어느새 도둑질 잘하는 놈으로 소문이 나 있었다. 심지어는 사람이 있는 집에서 도둑질을 감행한 적도 있었다. 목적은 은수저였다. 마루에 마주 앉아 실뜨기를 하고 있는 두 여자를 피해, 조심스레 부엌 쪽으로 들어가 찬장 서랍을 통째로 들고 나올 때였다. 숟가락과 젓가락이 부딪치며 찰카닥 하는 소리가 났다. 뒤늦게 우리가 있는 쪽을 휙 돌아본 집주인이 "도둑이야! 도둑이야!" 소리를 지르며 쫓아왔지만, 우리는 쉽게 잡히는 법이 없었다. 여러 명이 들어가 저마다 먼저 은수저를 집겠다고 야단법석을 떨다가 금세 들켜버리는 일도 잦았다. 그렇게 모은 은수저를 장물아비한테 팔고 돌아와서는 살벌하게 노름을 했다. 나는 재주가 없어 진즉에 돈을 잃고 나가떨어지거나, 남에게 빌려주었다가 날리기 일쑤였다.

1964년 봄, 종로경찰서 형사들이 하숙집을 덮쳐 나는 소년원으로 가게 되었다. 트럭에는 이미 수십 명의 소년들이 타 있었다. 우리는 무도장으로 끌려가 벽을 마주 보고 무릎을 꿇은 상태로 눈을 감아야 했다. 형사들은 그중 한 명씩을 끌어내 무작정 내던지고 엎어뜨리고 메쳤다. 그러자 술술 자백이 쏟아졌다.

캄캄한 밤. 우리는 다시 트럭에 올라 불광동소년원으로 향했다. 가위탁*을 위해 머리를 미는데, 옆 친구는 뭐가 그리 서러운지 발밑으로 떨어지는 제 머리칼 위로 닭똥 같은 눈물을 뚝뚝 떨어뜨렸다. 이튿날, 기상나팔 소리에 벌떡 일어나 인원 점검을 마친 후 요장과 규율부장, 위생부장의 구령에 맞춰 구보를 했다. 까만 학생복을 입은 신관 원생 사오백여 명의 활기찬 목소리가 소년원 전체에 울려 퍼졌다. 구보를 끝낸 뒤에는 세수와 식사를 하고 다시 운동장에 집합했다.

신관 요장이 외쳤다.

"국기에 대하여 경례!"

원생들은 일제히 가슴에 손을 얹었다. 이어지는 원장님의 훈시까지 듣고 나서야 비로소 본격적인 하루 일과가 시작되었다.

나는 재범들이 모여 있는 7방으로 갔다. 등치, 중등치, 낑구리가 벌써 와 있었다. 독박을 쓰기로 결심한 나는 친구들에겐 오리발을 내밀라고 말했다. 가정법원에서 재판을 받을 때 주범이 독박을 쓰면 다른 종범들은 나갈 수 있다는 말을

---

* 재판을 열기 전에 피의자를 특정한 장소에 임시로 수감하는 일.

들은 터였다. 친구들은 날아갈 듯이 기뻐했다.

"이쁜아, 우리가 면회 한번 올게. 그때 보자."

이렇게 한마디를 건네고는 모두 법원 밖으로 훌쩍 사라졌다.

혼자 남겨지자 친구들의 빈자리가 크게 느껴져 마음이 허전하고 우울했다. 옷과 신발, 혁대를 푸른색 보따리에 집어넣고 원생복으로 갈아입었다. 선생님의 인솔하에 신관으로 내려가자 요장과 규율부장, 위생부장 그리고 고사반(신입반) 반장이 우리를 맞이했다. 악대, 체육부, 소년단 같은 곳에서 온 친구들도 마중을 나왔다. 그중 아는 얼굴이 있나 유심히 살피던 차에 학삐리를 만났다. 그는 45년생이라 나보다 4살이 많았지만, 을지공원에서 생활할 때부터 친근하게 지낸 터라 허물없는 친구 사이였다. 학삐리는 소년단 반장이 되어 있었다.

그 친구는 우리와 질적으로 달랐다. 학삐리네는 함경도에서 한의원을 하며 잘살던 집안으로, 해방 직후 월남했다. 그 길로 경찰이 된 아버지는 '빨갱이'를 잡는 데 앞장섰다. 학삐리는 부산의 개성중학교에 들어갔다. 전교에서 1~2등을 하며 부모님 속 한번 썩인 적 없는 모범생이었다. 그런 학삐리를 보면서 아버지는 아들이 장차 판검사가 될 거라고 믿어 의심치 않았다.

그런데 학삐리가 중학교 2학년 때인 1960년, 인생이 송두리째 바뀌는 사건이 벌어졌다. 3·15 부정선거를 반대하는 데모에 나섰던 한 고등학생이 눈에 최루탄이 박힌 채 마산 앞바다에 떠오른 것이었다. 여론은 들끓었다. 마산과 부산에서는 시민들과 대학생은 물론이고 중고등학생들까지 데모에 나섰다.

학삐리가 학교를 마치고 집으로 돌아갈 때, 사람들이 아버지가 근무하는 서면 경찰서에 돌을 던지며 데모를 하고 있었다. 여학생들도 나름대로 치마에 돌을 주워 담아 부지런히 나르는 것을 보고 마음이 동한 학삐리는 어느새 데모대 속에 끼어 경찰서에 돌을 던지기 시작했다.

다음 날, 교실 분위기가 심상치 않았다. 반 아이들이 저마다 수근거렸다. "다른 학교는 다 데모를 하는데, 우리 학교만……." 그때 어제의 열기가 채 가시지 않았던 반장 학삐리가 책상에 올라가 외쳤다.

"데모하고 싶은 친구들은 날 따르라!"

반 아이들이 일제히 함성을 지르며 교실 문을 박차고 뛰쳐나갔다. 그 일로 학삐리는 주동자로 붙잡혔는데, 간 곳이 하필이면 서면 경찰서였다. 아버지는 열이 뻗쳤다. 데모하는 놈들은 다 빨갱이라고 생각하던 차에 당신 아들이 주동 자라고 잡혀온 것이었다. 아버지는 학삐리를 죽일 듯 두들 겨 팼다. 주변에 있던 형사들이 그냥 두면 사달이 날 것 같 아 말릴 정도였다. 결국 학삐리는 아버지 도움으로 무기정 학을 받고 풀려났지만, 그 후 아버지는 학삐리만 보면 속이 뒤집히는지 아무것도 아닌 일로 화를 내거나 걸핏하면 어 머니를 때렸고, 어머니는 어머니대로 악에 받쳐 차마 입에 담지도 못할 욕을 해대면서 아버지에게 맞았다.

학삐리는 두 사람이 보이지 않는 곳으로 잠시 사라져야 겠다고 생각했다. 초등학생 때 어머니를 따라 두어 번 가본 보문동 외할머니 집을 떠올리곤 무작정 서울행 열차에 올 랐다. 그러나 어렵사리 찾아간 외갓집은 이사를 간 뒤였다. 집으로 돌아갈 차비는 없었다. 서울역 대합실에서 어슬렁 거리는데 마침 일대에서 활동하던 조직 '남산구짜'에 걸려 들어 치기바 노릇부터 하게 된 것이었다.

나중에 학삐리는 소년원 접견장에서 어머니와 극적으로 상봉했다. 집에서는 학삐리가 납치를 당했거나 아니면 너 무 상심한 나머지 바다에 빠져 죽은 줄로만 알고 있었다. 그 런 아들이 살아 있다는 것에 어머니는 반가워 울었고, 학삐 리 역시 그동안의 설움이 북받쳐서 어머니를 끌어안고 엉엉 울었다.

그때부터 어머니의 지극정성이 시작되었다. 그녀는 소년 원 근처에 아예 방을 얻어놓고 아들을 뒷바라지했다. 그 덕인지 학삐리는 한 달도 채 지나지 않아 소년원에서 나와 부산행 열차를 탈 수 있었다. 열차가 대구를 지날 무렵 어머니가 말했다.

"민호야, 네가 부담스러워할까 봐 그동안은 이야기를 안 했다. 하지만 이제 알고는 있어야 할 것 같아 이야기하마. 네 아버지가 5·16 때 부정 축재자로 낙인찍혀 재산을 빼앗기고 직장도 그만두셨다. 지금은 집에서 쉬고 계셔. 그 때문에 신경이 좀 날카로워져 있으니까, 혹시 심한 말 좀 하더라도 네가 이해하고 참아야 한다, 알았지?"

학삐리는 소년원을 나서는 순간 이제부터는 효도하면서 성실히 살겠다고 다짐했다. 그러나 아버지 소식을 듣자 눈앞이 노래졌다. 자식이 판검사가 되기를 바랐던 아버지의 기대에 부응하기는커녕 앞으로 하루하루 어떻게 얼굴을 맞대고 살아야 할지 도무지 자신이 없었다.

학삐리는 화장실에 가는 척하며 다음 역에서 내려 혼자 상행선으로 갈아탔다. 열차 안에서 그는 어머니를 생각하며 많이 울었다. 그렇지만 이 시간 이후로 자신은 집도 부모도, 아무것도 없는 천애 고아라고 독하게 마음을 먹었다. 그 후 몇 년 동안 학삐리는 개비똘마니(어린아이) 티를 벗고 정글의 세계에 완전히 적응했다.

학삐리는 나에게 소년단에 들어오기를 권했지만 그러면 예정된 기간보다 몇 개월 더 머물러야 할 것이 뻔했기 때문에 거절했다. 3~4개월 정도만 살면 될 것을 소년단에 들어가면 최소 7~10개월은 살아야 했다. 소년단과 체육부, 악대에 뽑히면 연습을 부지런히 한 다음 원생들의 부모와 주변 동네 사람들, 그리고 법무부 장차관 앞에서 시범을 보이고 나서야 나갈 수 있었기 때문이다. 나는 얼굴 팔릴 일 없이 눈에 띄지 않게 찌그러져 있다가 조용히 나가는 것이 최선이라고 판단했다. 그렇게 4개월 뒤 출소했다.

그로부터 2년이 흐른 1966년 이른 봄, 다시 들어간 교도소에서 요장 눈에 들어 결국 그토록 기피하던 소년단에 들어가게 되었다. 그곳에서 만화책 이후로 접할 일 없을 것만 같았던 책과 다시 만났다.

일반 아이들이 유치원, 초등학교, 중고등학교를 다니듯 나에게는 아동보호소, 소년원을 거쳐 서대문교도소에 들어오는 것이 정해진 코스였다. 거리에서 붙잡혀 아동보호소를 처음 드나들기 시작한 이래, 언제고 꼭 그렇게 될 것이라 예감하고 있었다.

가벼운 시비가 붙어 경찰서 유치장에서 며칠을 살고 나온 어느 밤이었다. 새벽에 누군가가 날 깨웠다. 눈을 떠보니 검은 뿔테 안경을 쓴 얼굴이 보였다. 그는 당시에 유명했던 길 형사였다. 새벽이라 마포경찰서 수사과 안에는 아무도 없었다. 길 형사가 내 손목에서 앞수갑을 풀어 다시 대포수갑*을 채웠다. 그래놓고 의자에 편히 앉아 담배를 피우더니 숙직실 맨 끝 방으로 나를 끌고 가는 것이었다. 그다음 머리에 이불을 뒤집어씌워 놓고 인정사정없이 팔을 꺾었다.

그동안 수많은 고문을 당했다. 뒷수갑을 채운 채 팔을 꺾고 긴 의자에 눕혀 손수건으로 얼굴을 가린 다음 먹고 남은 설렁탕 국물에 고춧가루를 풀어 코에 붓거나, 겨울에는 얼음이 둥둥 떠 있는 드럼통에 팬티만 입은 채 거꾸로 처박기도 했다. 그럼에도 내 입으로 도둑질을 했다고 말을 꺼내본 적은 단 한 번도 없었다. 그러나 그동안 받았던 고문들은 모두 애들 장난과도 같았다는 사실을 깨달았다. 길 형사는 처음부터 달랐다. 죽으라고 하는 고문이었다. 인간이 버텨낼

* 오른손은 등 쪽으로 꺾고, 왼손은 어깨 너머로 꺾어 채우는 수갑.

수 있는 고통이 아니었다. 나는 발작하듯 비명을 질렀다. 내가 한 일들에 대해 실토했지만 길 형사는 고문을 멈추지 않았다. 자백을 받는 게 목적이 아니라, 남의 고통을 즐기는 게 목적인 듯싶었다. 혼이 다 빠져나가는 것 같았다. 나는 쉴 새 없이 악악 비명을 질렀다. 그는 내 입에서 도둑질을 했다는 소리를 수백 번은 듣고서야 겨우 고문을 멈췄다.

유치장에 일주일 정도 머문 뒤에 검찰청 대기실로 넘어갔다. 서울 곳곳에서 넘어온 도둑놈들 때문에 시장 바닥이 따로 없었다. 대기실이 온통 사람들로 꽉 차 문밖으로 몸이 밀려나올 지경이었다. 여기저기서 몸과 몸이 눌리며 절로 비명이 터져 나왔다.

밖에서 입고 들어온 옷과 신발을 끈으로 묶어 소쿠리에 넣은 다음, 몸수색을 받고 푸른 수의로 갈아입었다. 소년수들이 머무는 동에는 6평짜리 방 19개가 있었다. 높은 천장, 긴 복도. 불빛이라고는 교도관 책상 중앙 천장에 달린 30촉짜리 전등이 전부였다. 유령들이 돌아다니기 걸맞게 어두침침하고 으스스했다. 감방에 들어서자, 머리를 빡빡 깎은 죄수가 목에 수건을 두른 여유로운 모습으로 우리를 맞았다. 누가 시키지도 않았는데 잔뜩 겁을 먹은 우리는 하나같이 뺑기통(변기통) 쪽으로 가서 모여 앉았다. 그가 다짜고짜 나를 보고 물었다.

"넌 도대체 몇 살인데 벌써부터 이곳에 드나드냐? 너 같은 놈을 낳고 아들이라고 미역국 처먹은 네놈 엄마가 불쌍하다."

나는 기분이 상해 인상을 썼다.

"인상 쓰는 거 봐라. 까져도 보통 까진 놈이 아니네, 허 참."

감방장도 신기한지 나를 불렀다.

"꼬마야, 너 이리 와봐라. 몇 살이냐?"

"열여섯입니다."

1966년에 새로 부임해 온 원장은 정신이 똑바로 서야 도둑질을 하지 않는다는 철학을 가진 사람이었다. 그래서 수요일마다 하는 사열식을 중요시했다. 일주일에 며칠씩은 악대, 소년단, 체육부가 다 같이 단복을 입고 군대처럼 절도 있게 행진하는 사열 훈련을 시켰다. 학삐리는 소년단의 보물이었다. 수기, 밀집, 나무 아령, 곤봉, 집총 등 다섯 가지 소년단 제식훈련을 가을 운동회 때까지 완성시키라는 임무를 맡은 그는 과연 선생들의 기대에 어긋나지 않게 아이들을 제대로 가르쳤다. 그해 가을 운동회에서 그동안 준비한 제식훈련을 선보이자 다들 벌어진 입을 다물지 못했다. 방송사에서도 소문을 듣고 찾아와 훈련 장면을 영상으로 찍어 갈 정도였다.

이때는 도서 목록을 방마다 배포하고 보름에 세 권씩 책을 의무적으로 신청하게 하던 시기라 어디에나 책이 굴러다녔다. 나는 친구들과 도리짓고땡*을 하면서부터 책과 담을 쌓고 있었기 때문에 관심이 없었다. 그러던 중 영화로 본 적이 있는 칭기즈칸이 계림문고의 '소년소녀 세계명작' 시리즈로 나온 게 눈에 들어와 읽어보았다. 생각보다 술술 잘 읽히면서 재미도 있는 책이었다. 이때부터였다. 나는 굴러다니는 책들, 특히 계림문고판으로 나온 『나폴레옹』『워싱턴』『링컨』『처칠』『에디슨』『미켈란젤로』『원효대사』 같은 위인전부터 『해저 2만리』『15소년 표류기』『오성과 한음』처럼 흥미진진한 소설들을 닥치는 대로 읽어치웠다.

어느 날 발에 뭐가 툭 걸렸다. 『마음의 샘터』라는 책이었다. 파란색 표지에 길쭉하고 도톰한 양장본이었다. 유명한 철학자들의 격언을 엮어놓은 책인 것 같았다. 대충 펼쳐 훑어보니 공자가 배갈 먹고 소크라테스가 포도주에 취해서 쓴 것 같은 내용이 가득이었다. 그만큼 허무맹랑하게 느껴

---

* 화투 노름의 하나.

졌지만, 왠지 좋은 책일 것 같다는 생각은 들었다. 그 짧은 만남이 훗날 내가 새 인간이 되는 계기가 될 줄은 미처 상상조차 하지 못했다.

습관처럼 하루 세 번을 읽다

1968년, 서울교도소는 포화상태였다. 6평 남짓한 방에 50여 명을 집어넣어 감방 안은 말 그대로 발 디딜 틈도 없었다. 내키지 않았지만 어쩔 수 없이 누워 있는 사람들을 밟아가며 안으로 들어가서, 끼어들 자리가 어디 없나 살폈다. 벽 쪽 공간이 눈에 띄었다. 시찰 구멍에서도 보이지 않는 사각지대로, 감방장이 잠을 자는 명당이었다. 나는 양동돼지라는 별명을 가진 감방장 발밑에 몸을 웅크리고 누웠다. "이런 개자식이 있나!" 양동돼지가 괴성을 지르면서 내 얼굴 쪽으로 오른발을 뻗었다. 내가 날아오는 뒤꿈치를 똑바로 바라보며 피하지 않자, 발이 콧잔등 바로 앞에서 멈추었다. 나는 눈앞의 발을 옆으로 밀어냈다. "이 새끼 이거, 완전히 또라이 새끼네." 양동돼지가 중얼거리면서 자기 자리로 돌아가는 소리가 들렸다.

다음 날 저녁, 양동돼지와 배식 담당 4명이 신입들을 불러들였다. 신고식을 하려는 거였다. 신고식이라면 이전에도 겪은 적이 있었다. 1967년, 처음으로 기소 방에 갔을 때였다. 접견물이 덜 들어왔다는 이유로 감방장이 몽둥이를 들었다. 30여 명이 무릎을 꿇고 고개를 숙여 등을 거북이처럼 구부렸다. 감방장이 몽둥이 날을 세워 무릎 열 대, 등 열 대씩을 내리쳤다. 엉덩이를 맞는 것보다 훨씬 고통스럽고 아팠지만 참아냈다. 무릎을 다섯 대씩 더 맞고 나서는 이제 끝났다고 생각했다. 그러나,

"끝난 줄 알았지? 앞으로 30대가 더 남았어, 새끼들아."

감방장이 씩씩거리며 말하는 순간, 나는 공포심에 가까운 두려움을 느꼈다. 그 찰나 내 몸이 용수철처럼 튀어 올랐다. 순식간에 유리창을 주먹으로 내리쳤다. 조용한 구치소에 유리 깨지는 소리가 요란하게 울려 퍼졌다. 나는 깨진 조각을 양손에 집어 들고 마구 휘둘렀다. 방 안 사람들 모두가 일어나 벽으로 달라붙었다. 나는 문 쪽으로 다가갔다. 찔린 손에서 시뻘건 피가 뚝뚝 떨어졌다. 유리로 내 배를 두어 번 그었다. 여기저기서 물건들이 날아와 내 얼굴을 스치곤 바닥으로 떨어져 쾅 소리를 냈다. 나는 손에 들고 있던 유리를 앞니로 뚝 분질러 자근자근 씹었다. 누가 다가오든, 유리 조

각을 얼굴에 뱉어 곰보로 만들어버릴 작정이었다. 그때 주변이 시끄러워지더니 관구부장이 교도관 서너 명을 대동하고 방문을 열었다. 피가 뚝뚝 떨어지는 유리를 들고 복도로 나가자 관구부장이 어이없다는 표정을 지었다. 교도관이 감방장에게 주의를 주는 것으로 상황은 정리되었다. 다행히 유리 날이 시원치 않아서 배의 상처도 깊지 않았었다.

공포에 질린 신입들이 한 명씩 양동돼지 앞으로 나가 무릎을 꿇고 앉았다. 양동돼지가 주먹으로 신입의 목과 등을 열 번씩 내려쳤다. 그 다음에는 옆에서 기다리고 있는 배식 반장에게 다시 얼굴을 대야 했다. 배식 반장은 볼을 또 열 대 후려갈겼다. 신입은 소매로 눈물을 닦고선 뒷짐을 지고 무릎을 꿇은 채 다른 배식에게 몸을 내주었다. 검정 고무신을 신은 배식이 배와 가슴을 열 대 걷어찼다. 나머지 두 배식에게도 맞고 나서야 한 사람의 순서가 끝이 났다. 나는 그들이 나를 건드리지 못할 거라고 확신했다. 몇 놈이 힘을 모아 나를 건드려 소동이 벌어진다 해도 그들에게 좋을 게 하나 없기 때문이었다. 특히 감방장의 경우, 교도관들이 몰려오면 이 방에서 누리던 모든 특권을 잃고 함께 독방에 가야했다. 누구에게도 득이 될 만한 상황이 아니니, 예상대로 신고식은 피할 수 있었다.

싸움을 원한 건 나였다.

양동돼지가 모두에게 일어나라고 명령을 하기에, 내가 큰 소리로 그대로 앉아 있으라고 다시 말했다. 이는 감방장의 권위에 도전하는 행위였다. 양동돼지가 긴 한숨을 푹 내쉬었다. 곧 그 좁은 방에서 싸움판이 벌어졌다. 물건을 사용하거나 깨물고 붙잡아서는 안 되며 맨주먹만 사용해야 한다는 암묵적인 룰이 있었지만, 양동돼지가 먼저 나를 붙잡고 들어 올리려 하기에 두 손가락을 펴 양동돼지의 눈을 콱 쑤셨다. 악 소리를 내지르고 바닥을 기어 다니는 양동돼지의 머리를 주전자로 사정없이 내려쳤다. 방 사람들은 숨소리조차 내지 않았다. 한동안 쓰러져 있던 양동돼지가 꿈틀거리다가 흐느껴 울기 시작했다. 취침나팔 소리가 들려왔다. 양동돼지가 누워 자던 명당이 내 자리가 되었다. 구석에 앉은 양동돼지는 피가 흐르고 충혈되어 제대로 뜨지도 못하는 눈으로 나를 흘겨보았다.

새로운 감방장이 된 나는 나름대로의 원칙을 세우고자 했다. 단체 '빠따'와 기합을 없애고, 접견물로 음식이 들어오면 모두에게 적절히 나누어주었다. 아울러 소란스럽지 않는 한에서 얼마든지 놀 수 있는 자유도 주었다. 그러자 방

식구들은 온갖 놀이를 개발해서 무료한 시간을 때웠다. 또한 감사히 먹겠습니다, 하는 인사를 금지시켰다. 추위와 배고픔에 지쳐 도둑질하다가 잡혀 들어와서 밥을 먹게 된 것도 억울해 죽겠는데, 감사는 무슨 감사냐고 생각했다.

그러던 중 눈에 들어온 것이 엿장수라고 불리는 이였다. 그는 내가 들어왔을 때부터 하루에 죽 한 그릇만 먹고 종일 이불 속에서 누워 지내는 환자였는데, 면회 갈 때에도 다른 친구들에게 업혀 갈 정도였다. 교도관이 그에 대한 이야기를 자세히 들려주었다.

"나는 저놈을 보면 저놈 엄마가 생각난다. 내가 어떻게 여기서 근무하는지 알고서는 출근할 때마다 나를 붙잡고 아들 좀 살려달라고 매달리는데 아주 미치겠다. 고생을 많이 해서 그런지 엄마가 아니라 할머니 같은 거 있지. 요새는 그런 옷 입은 사람이 거의 없는데, 누런 담요 바지에 헝겊을 엉덩이와 무릎 여기저기 기워 입고는 버스비 아끼려고 새벽에 만리동에서 여기까지 매일 걸어온단다. 모르긴 몰라도 저놈 면회 접수 번호가 아마 1, 2번 안에 들걸? 듣자니, 면회 오는 돈도 친인척을 찾아다니면서 아들 죽게 생겼다고 떼를 써 뜯어낸 거라더라. 그러니까 이쁜이 네가 내 대신 저놈 좀 잘 대해줘라."

나는 놀랐다. 나이라고는 이제 갓 열여섯 살. 만리동에서 '꼬마 엿장수'라고 하면 모르는 사람이 없을 정도였다고 했다. 동네 아이들에게도 인기가 좋아, 엿장수가 나타나면 저마다 집으로 뛰어가 세숫대야나 냄비 같은 것들을 가져오는 통에 홀어머니를 모시고 사는 데에는 큰 어려움이 없었다. 그러다가 리어카를 잃어버려 어떻게든 해결해 보겠다고 며칠 동안 동네를 헤매던 길에, 염천교 어디쯤에서 길가에 떨어진 옷을 주운 것이 화근이 되어 이곳에 들어왔다는 거였다. 상식적으로 이해가 되지 않았다. 훈방이나 기소유예로 끝날 법한 일이었다.

1968년, 법무부장관이 도둑놈들의 씨를 말려 밤에도 대문을 열어놓고 잘 수 있도록 만들겠다고 선포했다. 위에서 압박이 내려오니 건수를 채우기 위해 경찰과 형사들이 없는 도둑놈을 만들어 구속시키는 형편이었다. 자동차 안테나로 장난을 치다가 들어온 사람, 불쏘시개를 하려고 자투리 나무 몇 개를 건드려 들어온 사람에 이어, 바닥에 떨어진 돈을 주워 들어온 경우는 너무나 많아 낚시에 걸려든 것 같다고 말하는 사람들도 있었다. 이는 씨를 말리는 것이 아니라, 오히려 양성시키는 일이었다. 감옥에 한번 들어오고 나면 전과자라는 낙인이 찍혀 본격적으로 도둑질의 길로 들어서는 경우가 많았으니 말이다.

엉덩이와 무릎에 손바닥만 한 헝겊을 댄 누런 담요바지를 입고, 차비를 아끼려고 추운 새벽부터 만리동에서 걸어오는 어머니라니. 누가 죽었대도 아무런 감정을 느끼지 못하는 나의 꽁꽁 언 마음에 작은 파문이 생기는 것 같았다. 태어나 처음으로 다른 사람에게 관심이 생겼다.

일어나서 밥 먹으라고 말했더니 옆에 있던 친구들이 누워 있는 엿장수를 흔들었다. 엿장수는 오만상을 다 쓰며 겨우 일어나 죽 그릇 앞에 앉았다. 똑바로 먹으라고 험한 말투로 엄포를 두자 죽 한 그릇을 다 먹었다. 그 모습이 기특해 식사 때마다 4등 가다*를 하나씩 더 주자 그것마저 다 먹어 치웠다. 알고 보니 가짜 환자였다. 삼대독자로 태어나 귀하게 자라 매라고는 구경도 못하다가, 이곳에 들어와 신고식을 당한 게 빌미였다. 그때부터 아픈 척을 하며 계속 굶고 있었던 것이다. 엿장수는 그동안 굶은 것을 보충이라도 하듯이 끼니마다 죽 한 그릇과 4등 가다 두 그릇을 먹어치웠다. 얼마 지나지 않아 보기 좋게 볼살도 올랐다.

* 제일 양이 적은 밥.

엿장수가 어느 날 내게 애원했다.

"형. 필요한 거 있으면 하나만 얘기해 봐, 응. 아무 거나 좋으니까, 하나만."

엿장수는 언젠가부터 나를 형이라고 부르고 있었다. 어쩐지 그런 호칭이 밉지도 부담스럽지도 않았다. 나는 없다고 말했다. 그의 사정을 알고 나서는 접견물도 부치지 못하게 한 상태였다. 그러나 엿장수는 나름의 고마움에 대한 표시로 내게 선물을 주고 싶어 했다. 징역살이에 필요한 물품은 대충 준비를 해둔 상태였고, 엿장수에게 부담을 주기도 싫었다. 그러나 엿장수는 끈질긴 황소고집이 있는 데다가 조금도 나를 두려워하지 않았다. 내 다리까지 붙잡고 소원이라며 막무가내로 조르는데 어쩔 도리가 없어, 뭘 부탁할까 잠시 생각했다. 그때 1966년 소년단에서 잠깐 들춰 봤다가 내려놓았던 『마음의 샘터』라는 책이 머릿속에 뜬금없이 떠올랐다. 예상치 못한 일이었다. 딱 한 번 슬쩍 들여다본 『마음의 샘터』가 왜 3년이라는 세월이 흐른 뒤에야 불쑥 떠올랐을까.

엿장수 어머님의 도움으로 당시 아나운서였던 임택근이 『새 마음의 샘터』라는 제목으로 다시 펴낸 책을 구할 수 있었다. 상하지 않도록 비닐로 정성껏 포장까지 되어 있었다.

하지만 마지못해 받아낸 것이다 보니 대충 훑어만 보고 징역 보따리 속에 그저 넣어두었다.

엿장수의 결심공판 날이었다. 문 앞에 선 엿장수는 내 이름을 물었다. 이유를 알 것 같았다. 나가면 내 면회를 오려는 거였다. 혹시나 집행유예를 받으면 방으로 들어오지 않고 바로 나가기 때문에, 지금 이름을 알려달라는 것이었다. 나는 나중에 말해주겠다고 답했다. 출정 교도관이 빨리 오라고 소리쳤다. 다급해진 엿장수가 시찰통을 붙잡고 발을 동동 구르면서 애원했지만, 나는 엿장수를 야단쳐서 내쫓았다. 교도관이 엿장수의 뒷덜미를 잡아채 억지로 끌고 갔다. 마음이 편치 않았다.

방으로 다시 한번 돌아오겠거니 생각한 엿장수는 정말로 집행유예를 받아 바로 나갔다. 나로서는 이때까지 느껴보지 못했던 허탈한 기분이 들었고 서 있을 기력도 없어 자리에 주저앉을 뻔한 것을 참아냈다. 서늘한 바람이 뻥 뚫린 가슴을 훑고 지나가는 것 같았다. 그 후 두 번 다시 엿장수를 보지 못했다.

다음 날부터 엿장수가 주고 간 선물을 보따리에서 꺼내 읽기 시작했다. 그의 정성이 들어간 책이어서 그런지, 지루함을 느낄 틈도 없이 한숨에 다 읽을 수 있었다. 주된 내용은 역시 유명한 철학자나 예술가들이 남긴 명언들이었다. 매번 전체를 다시 읽자니 지루해서 그중 마음에 드는 명언에는 따로 동그라미 표시를 해두었다. "눈물 젖은 빵을 먹어보지 않은 자는 인생의 의미를 모른다"는 괴테의 말부터 "인간은 사회적 동물"이라는 아리스토텔레스의 철학까지, 적어도 80개 이상은 체크해 두었을 것이다. 아침, 점심 식사 후, 잠들기 전. 습관처럼 하루 세 번을 읽었다. 이해가 잘 되지 않을 때는 고등학교를 나온 친구를 불러 물었다. "야, 천재를 만드는 데는 99%의 노력과 1%의 영감이 필요하다는데, 영감이 뭐야?" 하고 물으면 그는 "영감은 순간적으로 떠오르는 기발한 생각 같은 것입니다." 하며 내가 잘 알아들을 수 있도록 친절하게 설명해 주었다. 교회를 다니는 사람들이 성경책을 품고 다니듯, 나는 마음잡는 일에 실패하고 다시 교도소로 들어올 때마다 『새 마음의 샘터』를 읽었다. 그렇게 살아온 시간을 되돌아보며 반성과 참회로 지난 삶을 씻어 내렸다.

내 이름은 임승남

임승남이라는 이름은 삐뚤삐뚤한 선과 도형으로 시작되었다.

당시 나는 1년 6개월 구형에 실형 1년을 선고받은 상태였다. 가장 보편적인 판결이었고, 그 정도에 검사가 항소한 사례는 거의 없었다. 그러나 구치소가 미어터지는데도 검사들은 대책 없이 항소를 남발했다. 검사의 항소는 기각되었고 나는 의정부교도소로 이감을 갔다.

의정부교도소는 전국에서 유일하게 재소자들이 교도소 밖으로 나가 벼나 옥수수, 기타 채소 등을 농사짓는 교도소였다. 취사나 세탁, 이발, 목공 등에 필요한 최소한의 인원을 빼면 공장에서 일하는 이는 아예 없었다. 대신 담 밖으로 나가서 농사일을 하는 1~6관구가 있었다. 한 관구에 120~150여 명씩 배당되었다. 나는 밭농사를 하는 6관구에

배당되었고, 그중에서도 주로 옥수수를 따고 옥수숫대를 베어 옮기는 일을 했다.

일은 그리 힘들지 않았고 환경도 좋은 편이었다. 사방이 훤히 보이는 넓은 밭에서 흙냄새를 맡아가며 낫으로 풀을 베고 호미로 밭을 갈고 삽으로 땅을 파는 일을 했는데, 나로서는 생소했던 만큼 흥미도 있었다. 『새 마음의 샘터』에서 본 문장들이 마음속에서 작동하기 시작한 것은 그때쯤부터였다.

조장이 면박을 주거나 꼴사나운 위세를 떨 때, 혹은 일이 고될 때 하루에도 수십 번 '인내는 쓰다. 그러나 그 열매는 달다. 참는다는 것은 참을 수 없는 것을 참는 것이다'라는 『새 마음의 샘터』 속 글귀가 떠올랐다. 전이라면 아무렇지 않게 나왔을 폭력도 더 이상 행동으로 옮길 수 없었다. 쉽지만은 않은 일이었다. 삽자루를 쥔 손이 부들부들 떨렸다. 너무 어릴 때 고아가 되어, 세상을 어떻게 살아야 하는지 배운 바가 없었다. 그 때문인지 주로 생각보다는 동물적인 본능에 따라 살았다. 그런 본능을 갑자기 억제하는 것이 쉽지 않았다. 바짝 선 마음속 칼날을 한 번만 드러내면 감방살이가 편안해질 터였다. 그것을 억지로 참으며 삽자루를 붙들고 나 자신과 씨름했다. 전부 『새 마음의 샘터』 때문이었다.

어느 날 공부를 한번 해볼까, 하는 생각이 들었다. 정말 갑작스럽게. 그 자체만으로도 내게 엄청난 사건이자 변화였다. 어떻게 이런 생각이 들었을까. 스스로 기가 막혔다. 모든 게 『새 마음의 샘터』 때문인 것 같았다.

곧 새 연필과 관지가 손에 들어왔다. 감회가 새로웠다. 한글을 읽을 줄은 알았지만 쓰는 것은 거의 해본 적이 없었다. 하다못해 조서에 이름을 쓰라고 하면 힘이 들어가서 제대로 써지지 않아 엄지 지장으로 대신했을 정도였다.

우선 연필을 멋있게 깎아 내 이름 '임승남' 석 자를 제대로 써보고 싶었다. 하지만 연필을 깎는 것부터가 쉽지 않았다. 칼도 아닌 유리로 깎다 보니 마음과는 달리 흉하게 깎였다. 계속 다듬을수록 심이 너무 가늘어지기만 했다. 종이에 가져가 '임'을 쓰려고 하자 연필심이 톡 하고 부러졌다. 다시 연필을 정성스럽게 깎아 또 동그라미를 그리려고 했지만, 또 톡 하고 부러졌다. 이응 한 번 그려보지도 못하고 연필심을 서너 번 부러뜨리자 불쑥 화가 치밀었다. 연필을 잘근잘근 씹어 먹어버리고 싶은 충동마저 일었다. 하지만 꾹꾹 참아냈다.

너무 예쁘게 모양을 내려고 한 것 같아 이번에는 연필심을 일부러 뭉툭하게 깎아 시도해 봤다. 그러자 종이가 찢어졌다. 교도소에서 주는 관지는 한눈에 봐도 자잘한 구멍이 많고 지저분해 보이는 질 나쁜 종이였다. 게다가 오래간만에 연필을 잡으니 힘이 많이 들어갔다. 손에 연필을 쥐고 간단한 글자 몇 자 적는 일이 이렇게 어려운 일이었나. 몇 가지를 각별히 주의하며 다시 연필을 들었다.

손에 힘을 주지 말자.
종이와 친해지자.
연필과도 친해지자.

새삼 그런 노력부터 해야 했다.

연필을 쥐고 관지에 모음 이(ㅣ)를 세로로 긋는 연습을 했다. 그런 다음 으(ㅡ)를 가로로 긋는 연습도 한참 했다. 그러고 나서야 내 이름 석 자를 쓰는 데 성공했다. 임, 승, 남. 하지만 내가 써놓고도 한심했다. 글씨가 아니라 지렁이가 꿈틀꿈틀 기어가는 그림 같았다. 처음부터 천천히 연습해야겠다는 생각이 들었다. 자음을 쓰는 연습을 오래 하고 나서야 다른 모음들도 이어 썼다. 이어 '가 나 다 라 마 바 사 아 자 차 카 타 파 하'를 반복적으로 연습했다. 다시 심호흡을 하고 임승남 석 자를 정성스럽게 썼다. 처음보다는 많이 나아졌지만, 갈 길이 여전히 멀고 험해 보였다.

감방에는 책도 없어서, 초등학교 3~5학년 국어 책이나 한 권 있으면 좋겠다는 생각이 들었다. 그러나 구하기가 영 힘들었다. 친구에게 부탁하니 '통신강의록'을 한 권 가져다주었다. 낡고 찢어져 표지만 봐서는 무슨 과목인지 구분도 되지 않는 책이었다. 어쨌든 책을 보면 글씨 연습에 도움이 될 것 같았다. 강의록에서 특히 〈국어〉 부분을 보면서 글씨를 연습했다. "동토의 모진 땅 속에서 겨울을 견디어내고 솟아 올라온 위대한 너, 보리!" 강의록에는 이런 식으로 시작되는 지문이 있고 그 아래 몇 문제가 제시되어 있었다. 정답은 뒤에 따로 실려 있었다. 글을 따라 쓰면서 내용도 이해하려 노력했다. 쉽지 않았다. 답을 찾아보기 일쑤였다. 그래도, 가령 보리가 동토의 모진 겨울을 견뎌내고 솟아 올라온다는 게 무슨 말인지, 왜 그런 말을 하려는 건지 나름대로 차분히 생각도 해보았다. 세상살이가 힘들어도 꿋꿋이 잘 견디면 보리처럼 언 땅에서도 새싹을 틔울 수 있다는 뜻이구나, 하고 스스로 깨우치기도 했다.

하지만 교도소는 뭔가를 배우고 익힐 만한 환경이 아니었다. 작업을 나가지 않은 사람들을 한 방에 30여 명씩 몰아

넣으니 혼자 책을 보는 것에 집중하기가 힘들었다. 다른 이들이 지르박, 블루스, 탱고 같은 사교춤을 배우면서 노래를 불러 방 안은 하루 종일 어수선했다. 감방인지 카바레인지 헷갈릴 지경이었다. 게다가 연필 같은 필기도구가 있으면 교도소의 비리를 적어 내보낼 수 있다고 여겨, 눈에 띄는 대로 빼앗아 갔다. 나는 춤추는 사람들의 다리를 피하고 다른 한편으로는 교도관의 눈을 피해가면서 간신히 글씨 연습을 했다. 마룻바닥에 납작 엎드려 글을 쓰는 것도 쉽지 않았지만, 그보다는 춤 선생 삐투리가 나를 수제자로 키우기라도 하려는 듯 한시도 가만히 놔두지 않는 게 큰 문제였다. 그래서 남들이 다 자는 시간에 손을 녹여가며 겨우 글씨 연습을 해야 했다.

출소를 2박 3일 남기고, 같은 날 출소하는 다섯 명과 만기방으로 갔다. 마음은 벌써 바깥에 나가 있는데 창밖은 컴컴한 어둠이 점령하고 있었다. '어떻게든 시간을 빨리 돌아가게 해야 한다.' 실없이 방 안을 왔다 갔다 하거나 화장실을 들락거리면서 이를 서너 번씩 닦는 것도 좋은 방법이었다. 이윽고 어둠이 사라지고 푸른 하늘이 슬쩍 보이면 준비해 둔 새 러닝셔츠와 팬티로 갈아입는다. 교도소에서 입었던 옷과 양말은 찢어서 쓰레기통에 버린다. 칫솔은 부러뜨린 다음 다시는 들어오지 않겠다는 각오를 다지듯 패대기친다. 그쯤에서 철커덕 하고 교도관이 들어오는 소리에 이어 구두 소리가 들리면, 만기방에 있는 모든 사람들이 숙연한 표정으로 일어나는 것이다.

"다시는 이런 곳에서 만나지 말고 좋은 곳에서 만납시다."

서로 손과 손을 마주 잡고 앞날을 빌어주었다. 기분이 묘했다. 전에는 사실 출소 자체에 별다른 의미를 두지 않았다. 잠시 휴가를 나갔다가 다시 들어올 거라는 생각뿐이었다. 하지만 이번에는 달랐다. 어느새 나도 그렇게 말하고 있는 게 아닌가. 마음을 잡아볼까 하는 생각이 든 것도 난생처음이었다. 사회에 나가 도둑질 않고 일반 사람들처럼 땀 흘리며 먹고사는 것이 얼마나 어려운 일인지, 그때의 나는 전혀 알지 못했다. 무식하면 용감하다는 말처럼 모든 사람이 그렇게 노력해서 먹고사는데 나처럼 피가 펄펄 끓는 젊은 놈이 뭘 하든 하루 세 끼 못 먹겠냐 하는 생각이었다. 벌써 마음을 다잡은 양 착각한 것이었다.

출소 시각이 다가왔다. 신분장 대조를 마치고, 들어올 때 입었던 옷과 신발을 받았다. 옷에서 오래된 곰팡이 냄새가 풀풀 풍겼다.

1970년 1월 29일. 다섯 명이서 의정부교도소 정문을 당당하게 걸어 나왔다. 교도소 앞에서 시외로 나가는 버스를 탔는데, 정류장마다 출근하는 사람들이 올라타 어느새 통로까지 가득 들어찼다. 옷에서 곰팡내가 풀풀 나고 있었다. 우리는 알아서 맨 뒷자리에 앉았지만, 사람들은 노골적으로 얼굴을 찡그리는가 하면 손수건으로 코를 막으며 우리 쪽에서 멀어지려고 했다. 이도 저도 할 수 없는 처지가 된 채, 우리는 다시 죄인이 된 심정으로 버스가 종점에 도착할 때까지 고개를 들지 못했다. 만기방에서 들떴던 기분은 언제였나 싶게 사라지고 하나같이 어깨가 축 처져 있었다. 나는 버스에서 내려 갈 곳 잃은 유령처럼 맥없이 걸어가는 동료들의 뒷모습을 바라보았다.

"오늘 출소해서 왔습니다."

나는 불광동에 있는 갱생보호소*를 찾아가 문을 두드렸다. 손님인 줄 알고 반색하던 직원의 표정이 싸늘해지더니 내 뒤에 있는 긴 나무 의자를 턱으로 가리켰다. 한참 동안

---

* 출소자들의 자활을 돕는 시설. 현재는 '한국법무보호복지공단'이라는 이름으로 운영 중이다.

앉아 있었지만 누구도 내게 관심을 주지 않았다. 조금은 서글픈 마음이 들었다. 도둑질하다 잡혔을 때 순경과 형사, 판검사로부터 "멀쩡한 놈이 뭐라도 해서 먹고살지 왜 도둑질을 해?"라는 소리를 귀가 따갑도록 들어왔다. 그래서일까. 내가 마음을 잡는다고 하면 다들 두 손 들어 환영할 줄로만 알았다.

갱생보호소 건물은 새로 짓고 있는 중이라, 내가 찾은 그곳은 임시로 쓰는 가건물이었다. 지낼 수 있는 기간은 6개월이며 한 번 연장을 할 수 있었다. 들어오는 순번대로 두 사람이 의무적으로 보름씩 부엌일을 맡아 전체 150여 명의 식사를 준비해야 한다는 사실도 알게 되었다. 몸이 건장한 사람들은 대개 남산1호터널 공사장에서 질통을 짊어지는 노가다를 하고, 나이가 많거나 체력이 약한 사람들은 악기 공장에서 사포로 나무 다듬는 일을 한다고 했다. 나머지는 각자 알아서 제 살길을 찾아야 하는데, 내가 알던 두 친구는 구두 통을 메고 다니면서 구두를 닦고 있었다. 자유만 주어질 뿐 교도소와 별반 다를 바 없는 것 같았다.

나는 제대로 된 일을 해본 적이 없을뿐더러 체력도 약해 막노동은 할 수 없었다. 먼지를 들이마시면서 나무를 다듬는 일도, 정해진 자리 없이 종일 구두 통을 메고 돌아다니는 일도 싫었다. 그러다 버스에서 장사하는 사람들이 눈에 들어왔다. 잘 팔리지 않는 상품은 500원에 떼어와 1000원에 팔고, 잘 팔리는 상품은 600원에 떼어다 똑같이 1000원에 판다고 했다. 문화방송의 라디오드라마 〈전설 따라 삼천리〉를 책으로 만든 게 인기였다. 하루에 보통 20~30권은 판다는 얘기를 듣자 '이거다' 싶었다. 문제는 책 10여 권과 그것들을 넣고 다닐 가방을 사야 한다는 점이었다. 최소 만 원은 있어야 했다. 하지만 장사 밑천 만 원을 마련할 방법이 없었다. 그 얘기를 들은 구두닦이 친구가 적은 액수가 아닌데도 선뜻 만 원을 구해다 주었다. 나는 그 돈으로 가방과 『전설 따라 삼천리』 10권을 사고, 도매상에서 준 선전 문구 팸플릿을 며칠 동안 달달 외웠다. 도둑질을 그만두고 사람답게 살기 위한 노력의 시작이었다. 그러나 버스에서조차 나는 외면당하기 일쑤였다.

"복잡한 차중에 잠시 실례의 말씀을 올리겠습니다. 본 책자로 말하면 MBC 문화방송을 통하여 삼천만 동포의 심금을 울렸던……."

가까스로 버스에 올랐지만, 사람들을 쳐다볼 용기가 없었다. 천장만 쳐다보면서 마치 웅변대회에 나온 사람처럼 달달 외운 것을 읊었다. 승객들이 몇 명이나 있는지 눈에 들어오지도 않았다. 이윽고 가방에서 서너 권의 책을 꺼내 들고 버스 안을 돌아다녔다. 예비군복을 입고 서 있던 사람이 1000원짜리 한 장을 꺼내 처음으로 책을 사줬을 땐 너무 고마운 나머지 큰절이라도 하고 싶었다.

처음 탄 버스에서 한 권을 팔자 자신감이 생겼다. 이 정도면 하루에 최소한 10권 이상은 팔 수 있을 것 같다는 생각이 들었다. 머릿속으로 빠르게 계산을 했다. 한 권당 400원이 남으니까 하루에 10권만 팔아도 4000원. 한 달이면 12만 원. 게다가 버스도 공짜로 타고 의식주는 갱생보호소에서 해결하니 이것저것 제해도 6개월 안에 몇 십만 원은 너끈히 모을 수 있을 것 같았다. 버스 정류장에서 군밤과 오징어를 구워 파는 아저씨들처럼 장사도 할 수 있을 것 같았다. 돈이 다 모이면 리어카를 사서 장사해야지. 책 한 권을 팔자 잔뜩 꿈에 부풀었다.

다음 버스에서는 허탕을 쳤고, 그다음 버스에서 또 한 권을 팔았다. 그리고 다시 버스에 올랐다.

"복잡한 차중에 잠시 실례의 말씀을……."

"야, 차장! 그 새끼 내리라고 해. 그렇잖아도 길이 막혀 짜증나 죽겠는데, 개새끼들이 시도 때도 없이 올라타 떠들고 지랄이야."

몸이 휘청거렸다. 허둥거리면서 얼른 가방을 집어 들고 내리려는데 버스가 이미 출발해 내릴 수도 없었다. 버스 안의 모든 승객들이 나를 쳐다보는 것 같아 얼굴이 화끈 달아올랐다. 문 위에 적힌 버스 노선도만 뚫어지게 쳐다보며 서 있자니, 그야말로 울고 싶은 심정이었다.

"미안해요."

내가 너무 당황스러워하자 안쓰러웠는지 안내양이 소곤거렸다. 어린 시절부터 앵벌이, 걸똘마니, 도둑 생활을 전전해 왔지만 세상살이는 해본 적 없는 것과 마찬가지였다. 그동안은 본능에 따라 내키는 대로 하면 그만이었다. 이것저것 남의 눈치를 보고 관계를 따질 필요가 없었다. 그런데 버스 안에서 운전기사에게 한마디를 듣고 나자 얼이 빠져버렸다. 그 뒤부터는 버스에 오를 수 없었다. 어떻게든 생각을 바꿔보려 했지만 저 차는 사람이 너무 많아, 저 차는 너무 적고, 하며 변명거리만 찾다가 결국 그날은 두 번 다시 버스에 오르지 못했다. 몇 시간 동안 정거장에 서서 내 자신을 모질게 채찍질하고 애걸도 해보았지만 소용없었다. 너무 허망했다. 어깨를 축 늘어뜨린 채 인파 속으로 사라지던 출소 동기들과 마찬가지로 터덜터덜 걸으며 갱생보호소를 빠져나왔다.

평화시장에서 친구의 도움을 받아 구두 닦는 일도 해봤지만 손에 잡히지 않았다. 나는 다시 도둑질을 시작했고, 남의 집 담을 넘다가 잡혀 영등포구치소로 들어갔다. 뭔가를 다시금 깨닫기 위해선 책이 필요하다는 생각이 들었다. 책을 구하겠다는 욕심에 나이를 속여 소년수 방으로 갔다. 그곳에서 『새 마음의 샘터』『국어사전』『일반상식』『영어 첫걸음』『일본어 첫걸음』 같은 책들을 구할 수 있었다. 소년소녀 세계명작선과 고등학생용 잡지 『학원』까지, 방에 굴러다니는 책이란 책을 다 챙기자 한 보따리였다.

나는 이때까지 내가 어느 해에 태어났는지 관심도 없다가, 알고 있는 나이를 역산해 1949년 소띠라는 것을 알아냈다. 그리고 임승남이라는 이름 석 자의 한문을 스스로 지었다. '임' 자에는 수풀 림(林), 맡길 임(任) 두 성씨가 있는데 수풀 림을 많이 사용하기도 하고, 무엇보다 『새 마음의 샘터』를 쓴 임택근 씨가 수풀 림 자라기에 그걸 선택했다. '승' 자는 이길 승(勝)이 마음에 들어 이길 승 자로 했다가 곧 이승만 대통령이 이을 승(承) 자를 썼다는 것을 알고는 이을 승 자로 바꿨다. 그리고 '남' 자는 내가 남자이므로 사내 남(男)으로 정했다. 그렇게 해서 내 이름의 한자는 '林承男'이 되었다. 그때 고등학교를 나온 친구들에게 배워 영문 이름

도 만들었다. Lim Seong Nam. 나는 만년공책*에 한문 이름
과 영어 이름을 몇백 번씩 반복해서 써가며 익혔다. 스스로
다시 지은 내 이름이었다.

* 딱딱한 판에 푸른 종이를 입히고 위에 비닐을 씌워 여러 번 쓸 수 있게 만든 공책.

잘 여문 벼는 오히려 고개를 숙이는 법

1년 형을 선고받고 청주교도소로 이감을 갈 땐 책 세 권만 가져가는 것이 허용되었다. 『새 마음의 샘터』는 이미 수없이 들춰보았기에, 『일반상식』『영어 첫걸음』『일본어 첫걸음』을 선택했다. 그렇게 알파벳을 주로 익히면서 틈틈이 상식도 배웠다.

어느 날 고열과 함께 기침이 심하게 나기 시작했다. 감기인 줄 알고 의무과 지도에게 약을 타서 먹었는데도 기침이 멈추지 않았다. 밤에 특히 심해져 잠도 제대로 잘 수 없었다. 겨우 잠들면 징그러운 벌레들이 몸에 달라붙거나 타오르는 불길 속에서 나무에 매달려 아등바등하는 악몽에 시달렸다. 그렇게 자고 일어나면 마치 물속에서 빠져나온 듯 온몸이 땀으로 흥건했다. 덮고 잔 솜이불이 축축해질 정도였다. 어느 밤에는 목구멍에 비릿한 냄새가 끼치면서 무언가가 넘어오기에 입을 틀어막고 화장실로 달려가 뱉어보니 새빨간 피였다. 망연자실했다. 의무과에 가서 엑스레이를 찍었다. 몸이 전 재산인 나로서는 제발 폐병만 아니기를 간절히 바랐다.

"2479번, 보따리 가지고 나오세요."

의무과 지도가 나를 불러냈다. 눈앞이 캄캄해졌다. 의무과에서 하얀 병자 수의로 갈아입고서 일반 병실을 지나 '격리'라는 문패가 붙어 있는 결핵환자실에 들어섰다.

넓은 방에 다섯 사람이 있었다. 다들 나보다 연배가 위였다. 병사에서는 건물 옆 넓은 뜰에서 하루 30분씩 운동을 시켜주었다. 하얀 수의를 입고 핏기도 없는 얼굴로 폐가 무리하지 않게 천천히 걸어 다니는 모습은 중세 유럽의 성에 출몰한다는 유령들의 모습과 흡사해 보였다. 얼마 지나지 않아 20대 후반의 젊은 사람이 복도를 건너왔다. 숨이 차서 쉐, 쉐 내뿜는 소리가 방 안까지 들릴 정도였다. 눈이 쏙 들어간 그는 산 사람이 아니라 뼈에 가죽만 뒤집어씌운 미라 같았다. 상태가 워낙 심각해 그에게는 병보석이 떨어졌지만, 전보를 쳐도 아무도 오지 않았다.

"누가 저런 송장을 데리러 오겠어? 저 정도 되어 이곳에 들어온 걸 보면, 그동안 가족들 속을 좀 썩였겠어? 나 같아도 저런 자식 놈은 데려가지 않을 거야. 그나저나 저 새끼 저거 안 가면 골치 아픈데."

방에서는 그 사람이 들을까 봐 말도 못하고 다들 운동시간에 나와 소곤거렸다. 한 방에 있는 사람이 죽어 나가는 것도 그렇지만, 죽기 직전에 몸속 병균들이 다 밖으로 나온다는 속설 때문에 더 애가 탔다.

그러던 어느 날, 그 사람이 덮고 있는 하얀 이불에서 좁쌀만 한 무엇인가가 움직이는 게 보였다. 가까이서 보니 이 몇 마리가 기어 다니는 수준이 아니라 아예 팥이나 콩만 하게 뭉쳐서 굴러다니고 있었다. 다들 놀라서 이불 속을 들췄다. 뼈와 가죽만 남아 있는 몸에 뜯어 먹을 것이 뭐 있다고, 빗자루로 쓸어 담으면 세숫대야가 넘칠 만큼의 이들이 득실거리고 있었다. 아침에 먹은 밥이 올라올 것 같았다. 사람을 이렇게 놔둔 놈들에게 욕지기가 치밀었다.

소지에게 말해 그가 입고 있던 모든 요와 이불을 다 새로 교환해 주고, 걸치고 있던 옷가지들은 드럼통에 집어넣고 기름을 부어 태워버렸다. 그런데 도저히 이해할 수 없는 일이 벌어졌다. 놀랍게도 일주일 정도 지나자 새 이불 위에 전과 같이 수십만 마리의 이들이 꿈틀거리고 있는 거였다. 이가 알을 까서 새끼가 나고, 새끼가 성체가 되어 또 알을 까려면 시간이 있어야 하는데 일주일 만에 어떻게 이만큼의 이가 다시 생길 수 있는 것인지 도무지 불가사의했다. 우리는 소지와 상의해, 이가 우리 쪽으로 침범해 오지 못하도록 그 사람 주변을 DDT(살충제)로 아예 성벽처럼 둘렀다.

그를 통해 내 미래가 보이는 것 같았다. 그에게는 전보 칠 곳이라도 있었지만, 만일 내가 저렇게 된다면 어디 전보 칠 데도 없는 놈이라고 사람들의 손가락질을 받으며 뒷문가출옥*으로 나갈 거라 생각하니 너무도 끔찍했다. 나는 한없이 위축됐다. 예전의 건강을 되찾겠다는 다짐도, 마음을 잡겠다는 생각도 하지 못할 만큼 심적으로 지쳐 있었다.

출소하고 나서도 빈집을 터는 일상이 계속되었지만, 공치는 경우가 대다수라 한 달에 한두 집 터는 게 고작이었다. 그러다 잡혀 이번에는 절도미수죄로 1년 형을 받아 안양교도소로 들어갔다. 새 삶을 꿈꾸며 마음잡는 일이 아직 멀게만 느껴졌다. 대다수의 교도소 안 사람들은 삶에 대한 의욕을 상실한 채 하루하루를 무의미하게 보내고 있었다. 반면 나름대로 시간을 유용하게 활용하려는 이들도 있었다. 한글이나 한자로 사인을 만드는 사람들도 있었고, 더러는 거기

---

* 교도소에서의 죽음을 이르는 은어.

에 영어까지 섞기도 했다. 쉰 중반이 넘은 한 아저씨는 탁구를 칠 때마다 원, 투, 쓰리, 하며 굳이 영어로 점수를 매겼다. 열하나는 '일레븐', 열둘은 '트웰브'라는 것도 이때 알았다.

저마다 사회에 나가서 자신을 드러내기 위한 공부에 매진했다. 그곳에서 나는 내 이름 '임승남' 석 자도 제대로 쓰지 못하는 무식한 놈이라는 것을 스스로 깨닫게 되었다. 그만큼 지식에 대한 열망이 깊어져, 청주교도소 병사에서 지내던 시절엔 눈을 뜨자마자 만년공책을 집어 들고 영어 공부를 했다. 이때는 나를 드러내기 위한 공부를 하느라 '선데이', '먼데이' 등 요일을 영어로 쓰거나 『새 마음의 샘터』에 자주 등장하는 진실, 희망, 희생, 근면, 성실, 인생 같은 단어 위주로 한글을 썼다. 폼 나게 쓰는 연습도 하는 한편 남들에게 지식을 자랑하기 위해 일반 상식 책을 보며 열심히 외웠다.

또한 내가 어떤 사람인지 정확히 알아야 고칠 수 있을 것 같았다. 나를 제대로 알기 위해 그간 내가 살아온 삶을 돌아보기로 했다.

생애 첫 기억인 부모님이 싸울 때로 돌아가 샅샅이 더듬었다. 그러다 지금 처한 현실인 안양교도소로 돌아오면 다시 과거로 돌아가는 과정을 수도 없이 반복했다. 그러면서 잊고 지냈던 귀한 기억들을 찾았다. 그동안 형 둘에 누나

둘, 포대기에 싸여 있던 남동생이 있었다는 것만 기억날 뿐 추억은 생각나지 않았다. 하지만 아빠가 파출소에서 나를 데리고 나와 나를 맡겼던 집에 다시 들렀던 기억과 징검다리를 건널 때 내가 아빠의 목을 꼭 껴안았던 기억을 찾아냈다. 아빠는 아플 때도 내가 굶고 있는 것을 보면 돈을 줬다. 그 돈으로 시루떡을 사 와서 먹는 내 모습을 애처롭게 쳐다본 적도 있었다. 나는 떡이 줄어드는 것이 아까워 눈꼽만큼씩 떼어 먹으면서 아빠에게 드시라는 소리도 하지 않았다. 아빠가 돌아가셨을 땐 붙잡고 울어드리지 못한 것이 죄스러운 한으로 남았다.

너무 어린 나이에 고아가 됐기에 제대로 된 교육을 받을 수 없었다. 다른 7~8세 친구들처럼 객지로 나오기 전에 부모나 친척이라도 있었으면 세상살이에 대해 조금이라도 배웠겠지만 그런 기회조차 없었다. 그보다 더 어린 나이에 당장 먹고 자는 문제를 해결해야 했다. 좋아하는 거라곤 술 담배가 전부였고 말 그대로 늑대처럼 야수성만 커졌다. 미래라는 것에 대해선 생각할 여유가 없었다.

도둑질이 나쁜 짓이라는 것은 알았지만, 내가 나쁜 놈이라고 생각한 적은 없었다. 다른 친구들이 고문을 견디지 못하고 불 때, 나는 독박을 써서 친구들을 내보냈다. 감방장을 할 때에는 단체 기합을 주지 잃았고, 대화도 허용해 주면서 서로 괴롭히지 못하게 했다. 그렇기에 나는 스스로를 나쁜 사람이라고 인식하지 못했다. 하지만 다시 생각해 보니 내가 지금까지 한 것이라곤 앵벌이, 걸똘만이, 도둑질이 다였다. 그렇게 세상을 적대시했다. 기절할 정도로 모진 고문을 당하면서도 기가 꺾이지 않는 야수성과 폭력성만 키워왔다. 꼴통 중에 꼴통인 친구 개바리도 무언가를 해보겠다고 토스트와 우유를 파는 리어카를 만들어 동대문시장에서 장사를 시작했는데, 나는 일을 나갔다 들어오면 술만 마실 뿐 무엇을 해보겠다는 생각은 하지 않았다. 인간이 아닌 소, 개 돼지처럼 본능적으로 살아가는 동물적인 삶을 살아왔다는 생각이 들었다.

그러던 내가 어느 순간부터는 친구들에게 『새 마음의 샘터』에서 본 대로 "생활이 그대를 속이더라고 슬퍼하거나 노하지 말라." 혹은 "인내는 쓰다. 그러나 그 열매는 달다." 같은 명언들을 읊기 시작했다. "너 러브가 뭔지 알아? 인마, 러브가 사랑이야. 다이어리는 일기고." 하는 식으로 영단어를 써먹었고, "프랑스에 있는 에펠탑이 뭐로 지어졌는지 알아? 철이야. 그리고 높이는 몇 미터인지 알아?" "암스트롱이 아폴로 11호를 타고 달에 착륙한 날짜가 언제인지 알아?" 하며 책에서 보고 달달 외운 몇 가지 상식을 마치 써먹지 못해 안달이 난 사람처럼 자랑하곤 했다.

인간이 되기 위해서는 그간 살아오면서 가졌던 사회와 인간에 대한 불신과 적개심, 시도 때도 없이 솟구쳐 올라오는 분노를 깨끗이 씻어내야 한다고 생각했다. 불신과 적개심 때문에 하루하루를 될 대로 되라는 식으로 무의미하게 살았다. 그러다 보니 나는 야수가 된 것이다.

일단 남들을 가볍게 보는 습관을 고치기 위해 나보다 한 살이라도 많은 사람에게는 깍듯이 윗사람 대우를 해주는 것은 물론, 모든 사람에게 존댓말을 쓰기로 마음먹었다. 또 앵벌이와 걸똘마니 짓, 그리고 도둑질로 인해 돈을 가볍게 여기는 습관이 생긴 것도 고쳐야겠다고 생각했다. 설익은 벼는 고개를 빳빳하게 세우지만 잘 여문 벼는 오히려 겸손하게 고개를 숙이는 법이라는 것을 깨달은 나는 앞으로는 절대 잘난 척을 하지 않기로 다짐했다.

나는 삶의 새 각오 몇 가지를 정리했다. 그런 다음 종이에 적어서 책갈피로 끼워 넣었다.

1. 시도 때도 없이 욱하는 성질을 잡는다.
2. 인간답게 스스로의 노력으로 열심히 살아가는 것을 목표와

꿈으로 정한다.

3. 어른들을 존경하며 존댓말을 사용하고 한 살이라도 많은 사람한테는 형의 대우를 한다.

4. 그동안 살아오면서 몸에 밸 대로 밴 게으름과 나태함을 고치고, 돈을 귀하게 여긴다.

5. 훌륭한 사람들의 책을 보면서 간접경험으로나마 많이 배워 무식하고 무지한 우물 안 개구리에서 벗어나되 겸손하게 행동하고 잘난 척을 절대 하지 않는다.

6. 지금까지는 남한테 피해만 주고 살았으니, 앞으로는 세상에 피해를 끼치지 않는 사람이 된다.

기상나팔이 울리기 직전에 일어나 경건한 마음으로 각오를 읽으며 하루를 시작했다. 잠들기 전에는 그날 하루 내가 한 말과 행동을 샅샅이 되돌아보고 나서 잠을 잤다. 예전에는 사람들을 한주먹 거리, 두 주먹 거리로 보며 우습게 여겼지만 이젠 방 사람들이 뭐든 나보다 나아 보였다.

책이 필요했다. 책이야말로 마음의 양식이라는 생각이 들었다. 그래서 여기저기 친구들에게 연락해 책을 부탁했다. 안양교도소에는 범털*들도 많아 다른 교도소보다 책을 구하기가 수월했다. 김우종이나 김형석 에세이집도 즐겨 읽었지만, 특히 이어령 교수의 『흙 속에 저 바람 속에』 『바람이 불어오는 곳』 『하나의 나뭇잎이 흔들릴 때』 같은 책들을 읽고 큰 감동을 받아 그를 대한민국 최고의 지성인으로 여기고 존경했다.

---

* 돈 많고 지적 수준이 높은 죄수를 이르는 은어.

난생처음 가슴으로 울다

형기를 다 마치고 만기방으로 가는 사람들에게, 가기 전 날 꼭 이렇게 물어봤다.

"그동안 절 보면서 저건 좀 고쳐야 할 것 같은데, 하는 생각이 드신 것이 있으면 저를 위해서 허심탄회하게 다 이야기하고 가세요."

"이쁜이는 다 좋은데 급한 성격이 문제야. 그것만 좀 고쳐."

그 지랄맞고 급한 성질을 다 잡은 것 같았는데, 사람들의 대답은 한결같았다. 나로서는 답답해 미칠 지경이었다. 창밖에는 장대비가 억수같이 쏟아지고 있었다. 빗속으로 뛰어 들어가 TV 광고 속 '다이알 비누' 같은 세숫비누를 온몸에 칠해, 그동안 살아오면서 몸 구석구석 틀어박혔을 찰거머리 같은 못된 습관들을 말끔히 다 씻어내고 싶은 충동이 간절했다.

이튿날이 되자 하늘에 구멍이라도 뚫린 것처럼 밤새 퍼붓던 비가 물러갔다. 맑고 푸른 하늘과 하얀 구름, 그리고 황금빛 햇살이 눈부시게 아름다운 풍경을 연출하고 있었다. 화단에서는 빗물을 배불리 먹고 활짝 핀 하얀 국화꽃들이 따사로운 햇볕 아래 자신을 한껏 뽐냈다. 나는 그 탐스러운 국화 송이들을 바라보다가, 문득 햇빛도 잘 들지 않는 담장 모서리의 그늘로 눈길을 돌렸다. 거기 외따로 피어 있는 국화꽃 한 송이가 보였다. 앙상한 줄기에 몽우리들만 듬성듬성 매달려 있었다. 햇볕도 잘 들지 않는 음지에서 꽃망울 하나라도 피워보려고 애쓰는 모습이 애처로웠다. 그 모습이 어쩐지 나와 같다고 느꼈다. 어쩌면 꽃 한 송이 피어보지도 못하고 애만 쓰다가 끝날지도 모르는 일이었다.

일순간, 인간으로 태어났다는 것 자체가 나름대로 다 귀하고 가치 있는 일이라는 생각이 들었다. 아울러 바로 지금 이런 생각을 하는 사람은 지구에서 오직 나 혼자뿐일 거라는 생각도 들었다. 나 역시 저 국화꽃처럼 햇볕도 잘 들지 않는 음지에서 자랐지만, 어떻게든 발버둥을 치다 보니 이런 생각도 할 수 있게 되었구나. 가슴이 벅차오르며 한없이 뿌듯해졌다.

식빌증*이 나올 무렵부터는 잭을 보거나 신경을 쓰면 오른쪽 어깻죽지가 심하게 저렸다. 온몸에 피로가 한꺼번에 몰려와 집중력도 떨어졌다. 이를 닦으면 잇몸에서 나는 피가 하얀 거품을 새빨갛게 물들였다. 내가 결핵 환자라는 사실을 실감했다. 처음 결핵 환자실에 들어왔을 때부터 약을 먹었어야 했는데, 자만과 무지가 건강을 해친 것이다. 하지만 출소일이 두 달도 남지 않은 상태니 이미 늦은 셈이었다. 의무과장은 일주일에 한 번 출근해 중요한 환자만 보기 때문에, 엑스레이를 신청해도 한 달 이상이 걸릴 터였다. 출소 전에 병사로 가는 건 거의 불가능했다.

쇠약해진 몸은 아무것도 하지 말고 쉬라는 신호를 보냈다. 하지만 여기서 멈추면 지금껏 노력해 온 모든 것이 물거품이 될 것 같았다. 다시 도둑질을 해 사람들한테 피해를 끼치느니 차라리 피를 토하고 죽는 것이 보람 있는 일이라고 생각했다. 출소하는 날까지 나는 몸에서 보내는 신호들을 무시한 채 계속 책을 읽고 마음을 닦았다.

출소 후, 어렸을 때 함께 앵벌이를 하고 보육원에도 같

* 출소일 3개월 전부터 머리를 기를 수 있게 해주는 증서.

이 갔던 형을 우연히 만나 칼 장사를 시작했다. 식칼이 얼마나 잘 드는지 보여주기 위해 각목에 내리치기도 하고 종이를 썰어보기도 하는 등 바람을 잡으며 형을 돕다가, 청계천에서 따로 칼을 팔기 시작했다. 하지만 장사도 잘 되지 않고 체력도 하루가 다르게 떨어졌다. 지칠 대로 지친 심신이 좀처럼 살아날 기미를 보이지 않았다. 이렇게 삶의 전장에서 철저히 패배한 패자의 심정으로 살아가느니 달리는 차에 뛰어들어 이 비루한 삶을 마감하는 게 낫겠다는 생각마저 들었다. 비릿한 핏덩이가 목구멍을 타고 넘어오는 날도 있었다. 그러면 나는 얼른 두 손으로 입을 틀어막고 골목길로 뛰어 들어갔다.

어느 밤, 후두두둑 슬레이트로 떨어지는 빗소리에 잠에서 깼다. 억지로 잠을 다시 청해보았지만 그럴수록 잠은 점점 멀리 도망쳤다. 나는 누운 채로 담배에 불을 붙여 연기를 깊이 빨아들인 다음, 베개를 가슴에 갖다 대고 방문을 열고서 억수같이 쏟아지는 빗속으로 연기를 내뿜었다. 장독대에 떨어졌다가 쪼개져서 사방으로 흩어지는 빗방울을 멍하니 바라보았다. 빗방울은 그 어떠한 물체보다도 맑고 투명했다. 문득 안양교도소에서 지금처럼 쏟아지는 장대비를 보던 때의 감정이 생생하게 떠올랐다. 철창 너머 장대비 속으로 뛰어 들어가 몸속에 숨어 있던 못된 습관들을 다 씻어내고 싶었던 그때의 간절했던 심정! 나는 가슴이 답답해 슬그머니 일어나 앉았다. 참담한 심경이었다. 지금 무엇을 하고 있는 것인가. 스스로에 대한 회의가 끝없이 몰려왔다. 6개월 전만 해도 다시 남한테 피해를 주느니 인간의 길을 걷다가 죽는 게 더 보람 있다고 생각했던 놈은 어디 갔는지 보이지 않았다. 마음을 잡았다고? 내 단점을 말해주면 고치겠다고? 〈나의 각오〉를 아침저녁으로 보고 또 보면서 다짐하겠다고? 지나가던 개나 고양이가 웃을 일이었다.

달라진 건 없었다. 나는 출소한 지 6개월 만에 결국 또 남의 집 담을 넘고 있었다. 잘할 수 있는 것이 도둑질뿐이었다. 인간이 되기 위해서 지금까지 노력한 모든 것이 도둑질에만 도움이 된 것 같아 답답해 미칠 지경이었다. 하루 종일 비를 바라보면서 방구석에서 가슴앓이를 하고, 다음 날이 되면 삶을 포기한 것처럼 남의 집 담을 넘다가 결국 다시 붙잡히고 말았다.

1년 형을 선고받고 군산교도소로 이감된 후에는 결핵 때문에 환자들이 있는 병실로 옮겨졌다. 그곳에서 다섯 명과 함께 지내며 약을 먹고 주사를 맞아 몸을 회복해 나갈 수 있었다.

　나는 방 천장에 숨겨놓고 온 것들에 대해 생각했다. 처음부터 계획한 건 아니었지만, 돈을 허투루 쓰지 않으려다 보니 훔쳐 온 물건 중에서 장물아비에게 내주지 않은 패물과 돈이 꽤 있었다. 그것을 천장에 숨기고 들어온 것이었다. 그 돈을 밑천으로 장사를 시작하고 싶었다. 다른 사람들처럼 장가를 가고 아들딸 낳은 뒤 알콩달콩 사는 상상을 하며 지냈다. 그러나 어떤 기회도 내게 쉽게 와주지 않았다. 늦가을에 출소한 뒤 집으로 돌아갔을 때, 장물아비인 권 씨가 내가 숨겨둔 돈과 패물을 찾아내 빼돌렸다는 사실을 알았다. 앞으로 무엇을 어떻게 하고 살아야 할지 다시 한없이 막막해졌다.

　제8대 국회의원 선거운동이 한창이었다. 삼선교를 접수해 구두를 닦으며 살던 친구들 중 일부가 정치권과 시비가 붙었다. 다방에 있던 민주공화당 민관식 국회의원 후보의 경호원이 구두를 닦고서는, 돈은 다음에 주겠다며 그냥 가려고 했다는 것이다. 민관식 의원은 대한올림픽위원회 위원장을 역임하고 대한체육회 회장도 지낸 만큼 주변에 힘깨나 쓰는 경호원들이 많았다. 그런 사실에 아랑곳하지 않고 구두닦이 패거리가 달려들자, 화가 난 선거 참모들이 관할 파출소 소장에게 압력을 가했다. 경호원도 의자로 패는 양아치들을 그대로 놔두면 시민들이 위험해진다며 무슨 수를 써서라도 치워버리라고 한 것이었다. 그날로 삼선교 다리와 벽 사이에 제비 둥지처럼 만든 집이 파괴됐다. 사다리를 타고 올라가 기어 들어가면 4~5명 정도만 앉아 있을 수 있는 작은 공간이었다. 아무리 허접하다고 해도 그곳은 그들의 보금자리였다. 개천 바닥에 각목과 널빤지, 이불과 옷, 솥, 냄비, 그릇, 숟가락, 전기난로 같은 살림살이들이 어지럽게 나뒹굴었다. 쑥대밭이 된 광경에 다들 눈이 뒤집혔다. 힘이 임꺽정처럼 장사인 친구가 파출소장을 번쩍 들어 시커먼 개천 물속에 처박았다. 나머지들은 순경이며 방범들에게 달라붙어 마구 두들겨 팼다. 일이 심각해졌다. 이에 박정희 대통령이 군인을 우대하니, 입대하면 면죄가 될 거라는 동사무소 직원의 말을 믿고 대부분의 친구들이 군에 자원입대했다.

친구들도 모두 사라졌으니 이제 다른 곳을 찾아야 했다. 그러다 빽이 청계천 7가에 있는 다방에서 구두를 닦고 있다는 소식을 들었다. 그의 소개로 양말과 실장갑 같은 물건을 떼어 파는 일을 하기 시작했다. 임신한 빽의 아내가 있는 비좁은 집에 얹혀살면서 도매상에서 물건을 떼어 기사 식당과 택시 정류장, 공장이나 빌딩의 경비실 같은 곳을 돌아다니며 팔았다. 하지만 온종일 다녀 봐야 1000원 벌기도 힘들었다. 장사 밑천을 댄 건 빽의 아내였다. 내가 다 팔지 못한 것도 빽의 아내가 가져가 동네 사람들에게 팔았다. 어렵게 사는 집에 도움을 주지는 못할 망정 밥값도 못하고 있는 게 너무 미안했다. 매일 빽에게 피해만 주고 있었다. 눈 딱 감고 빽에게 도움을 주고 싶었다. 무엇보다 빽을 남편으로 받아준 그의 아내에게 고마웠다.

나는 다시 캄캄한 새벽에 움직이기 시작했다.

왕십리나 신당동에서 각종 공구와 모터 같은 쇠붙이를 파는 가게라든지, 장롱에 붙이는 자개를 파는 가게는 안에서 문이 잠겨 있어 들어갈 수 없었다. 어쩌다 밖에서 문을 잠근 곳을 들어가 보면 빈 가게였다. 대상을 빌딩으로 바꿨다. 열쇠 장수가 시내 번화가의 빌딩에 들어가 자물쇠를 열면, 내가 망을 보는 사이 빽과 일행이 들어가 책상과 캐비닛을 뒤져 돈이 될 만한 물건들은 모두 가방에 담아 나왔다. 가끔 양복점이나 양장점, 타자기 가게, 카메라 상점 같은 곳을 털기도 했다. 나는 내 몫에서 반 정도를 떼어 빽에게 줬다. 빽의 아내 얼굴에 엷은 웃음기가 돌기 시작했다.

그러나 기습에는 당해낼 방도가 없었다. 330형사대가 들이닥친 것이었다. 끌려간 사무실에서 빽은 많이 맞았다. 팔

뚝만 한 참나무 몽둥이를 든 형사들의 눈빛이 번뜩거렸다. 그들은 수갑 찬 빽의 손을 무릎 밑으로 내리고 그 사이로 몽둥이를 넣은 다음 양쪽에서 들어 올렸다. 빽의 윗몸이 빙글 돌면서 아래로 처지고 두 발바닥만 애처롭게 몽둥이 위로 솟았다. 통닭구이처럼 보였다. 형사들은 책상과 책상 사이에 몽둥이를 걸쳐놓은 다음 또 하나의 육각 몽둥이를 들고 오더니 도끼로 장작 쪼개듯이 빽의 두 발바닥을 내리쳤다. 숨이 곧 넘어갈 듯한 비명이 터져 나왔다. 그 바람에 복도를 오가는 사람들이 사무실을 흘끔거리는데도 형사들은 마치 고문할 특권이라도 가지고 있는 것처럼 개의치 않고 때렸다. 빽이 내 이름을 부르며 살려달라고 애원했다. 내가 빽을 찾아가는 바람에 빽이 이런 고통을 당하는 것처럼 느껴져 가슴이 미어졌다. 내가 매라도 대신 맞아야 숨을 쉴 것 같았다. 나는 빽의 발바닥을 손과 가슴으로 감싸며 흐느끼기 시작했다. 날 때려달라고 애원하자 사무실이 갑자기 숙연해졌다. 난생처음 가슴으로 울었다.

　우리는 2년 6개월의 길지도 짧지도 않은 형량을 받고 대전교도소로 이감을 갔다. 항소는 깨끗이 포기했다. 빽은 한방에 있으면서도 얼굴을 잊을 정도로 노름에만 빠져 살았다. 내가 준비해 온 물건과 자신이 준비해 온 물건을 진즉에

다 잃고 나서도, 종일 빌붙어서 얻은 개평으로 다시 노름판에 끼어들기를 반복했다.

그때 나는 손가락에 두 글자를 새겼다. 나의 주관대로 묵묵히 생활하는 습관을 길러야 마음을 잡을 수 있을 것 같았다. 그래서 '주관'의 '주' 자와 '묵묵히'의 '묵' 자를, 곰이 인간이 되기 위해 마늘을 씹는 심정으로 오른손 손가락에 새겨 넣었다. 손가락에 글자를 새기는 행위 자체가 내게는 인간이 되기 위한 증표 같은 것이었다. 그날부터 문신을 보며 반성과 참회를 했다. 인간이 되는 멀고도 험한 길을 내 주관대로 묵묵히 걸어가자고, 다짐하고 또 다짐했다.

나는 죄수인 동시에 결핵 환자이기도 했다. 여러모로 주의가 필요했다. 그러나 2년 6개월이라는 짧지 않은 시간을 허송세월로 보낼 수는 없었다. 우물 안 개구리 신세에서 벗어나 사람들에게 피해를 주지 않으려면 이 사회가 어떻게 돌아가는지를 제대로 알아야 한다고 생각했다. 최소한 신문은 읽을 수 있어야 했다. 하지만 신문에 한자가 너무 많아 볼 수가 없었다. 전에도 책을 보다가 한자가 나오면 잘 읽을 수 없었고, 거리의 간판들이 한자로 쓰여 있으면 무슨 가게인지 알아보지 못했다. 그리하여 나는 상용한자 1800자를 익히자고 마음을 굳혔다.

교도소에서는 필기도구가 담배와 같은 근절 품목이기 때문에 구하기가 쉽지 않았다. 아쉬운 대로 교도소 안에서 펜촉 다섯 개, 청색 물감, 인쇄용지를 구했다. 남은 형기 동안 실컷 사용하고도 넘칠 만큼의 양이었다.

푸른 수의를 벗고 하얀 수의로 갈아입었다. 결핵 환자들이 있는 병사로 가기 위해서였다. 방에는 다섯 사람이 있었다. 그중 내가 제일 젊어 방 청소와 배식, 화장실 청소 같은 궂은일을 혼자 했다. 동시에 한자 공부도 바로 시작했다. 억지로 외우기보다는 반복적인 복습을 통해 자연스럽게 눈에 익히는 방식을 택했다.

아침밥을 먹고 나면 그날 익힐 한자 다섯 자를 먼저 종이에 쓴다. 집 가(家), 값 가(價), 옳을 가(可), 더할 가(加), 거짓 가(假). 이렇게 다섯 자를 먼저 써놓은 후, 머리는 거의 사용하지 않고 집 가부터 家, 家, 家, 家…… 하는 식으로 베껴 쓰는 것이다. 아무 생각 없이 수십, 수백 번 쓰다 보면 자연스럽게 눈에 들어오게 마련이다. 나중에는 먼저 써놓은 한자를 보지 않고도 쓸 수 있을 정도가 된다. 이런 식으로 다섯 자를 익히면 열흘 치 한자 50자에 새로이 집어넣고서 저녁 배식 때까지 같은 방법으로 복습했다. 하지만 이 공부법은 주변 사람들의 말소리와 화장실 들락거리는 소리 때문에 집중이 잘 되지 않았다. 그래서 나는 새로운 방법을 개발했다. 그것은 바로 뇌를 무의 상태로 만드는 것이었다. 내가 마치 병실에 존재하고 있지 않은 것처럼 장막을 쳤다. 처음에는 쉽지 않았지만 차차 그 방법에 익숙해졌다. 그렇게 하니 주변의 소음이 전혀 들리지 않는 무아지경에 빠져 한자를 익히는 데 큰 도움이 되었다.

나의 하루 일과는 시곗바늘처럼 한 치의 오차도 없이 돌아갔다. 기상나팔이 불면 일어나 청소를 하고 점검을 받았다. 아침 배식이 끝나면 한자 다섯 자를 거의 무의식 상태에서 익혔다. 점심을 먹고 나면 낮잠을 10분쯤 잤다. 낮잠을 자는 것은 록펠러 때문이었다. 그가 처음 장사를 시작할 때, 길 여기저기에 자기 가게로 이어지는 화살표를 그려놓았더니 자연스럽게 홍보가 되어 사람들이 호기심을 갖고 찾아오기 시작했다고 한다. 훗날 미국 최대의 재벌이 된 그는 점심을 먹고 나서 꼭 10분쯤 낮잠을 잤다. 그 시간 동안에는 대통령 빼고는 누구의 전화도 받지 않았다고 한다. 또 일본의 전설적인 홈런왕 오 사다하루 역시 벤치에 앉아 낮잠을 몇 분이라도 잔 날은 홈런을 잘 쳤다고 했다. 『새 마음의 샘터』에서 그런 글을 읽었기 때문에 나도 따라 한 것이었다.

낮잠을 자고 나서는 다시 한자 공부를 하다가, 병사 옆에 있는 뜰에서 잠깐 운동을 했다. 다시 들어오면 저녁 배식 때까지 또 한자 공부를 했다. 식사 후에는 방 사람들과 어울리며 자유 시간을 보내다가 취침했다.

내가 병사에 오고 한 달 정도 되었을 때, 일반 재소자들보다 더 건강해 보이는 사람이 들어왔다. 검은 뿔테 안경을 쓰고 있는 모습이 잡범들과는 어딘가 달라 보였던 그는, 고대 사학과 3학년을 다니다가 들어온 정 형이었다. 48년생으로 나보다 한 살 위였다. 그는 국가보안법 위반 혐의로 2년 6개월 형을 받아 줄곧 독방 생활을 하다가 이곳으로 왔다.

정 형은 하이데거라는 독일 철학자가 쓴 영어로 된 두툼한 철학책을 보다가 중요한 부분이 나오면 평소 숨기고 다니던 볼펜 심을 꺼내 밑줄을 쳐가며 공부했다. 그러나 그보다는 바둑책을 더 자주 들여다보았다. 구치소에서 파는 종이로 된 바둑판과 바둑알을 가지고 혼자 기보를 따라 두기도 했다. 대학생은 바둑 공부도 저렇게 하는구나 싶어 신기했다. 나 또한 바둑을 잘 두는 편인지라, 그와 엎치락뒤치락 바둑을 두며 점차 가까워졌다. 한자 공부를 하는 데 지장이 없는 저녁 식사 후에 바둑을 두세 판씩 두었다. 정 형과의 그런 사소한 만남이 지금의 나를 만드는 과정의 시작이라는 걸 그때는 몰랐다.

　사람들에게 교도소는 대개 지옥이었다. 이곳에 발을 딛는 순간 패배감과 절망감이 한꺼번에 몰아쳤다. 낯선 환경 속에서 좀처럼 심신을 안정시킬 수 없었다. 정 형만 해도 그랬다. 그는 마음이 진정되지 않아 바둑에만 매달렸다. 하지만 나의 경우, 어릴 때부터 고아원과 소년원, 교도소에서 보낸 시간이 사회에서 보낸 시간보다 길면 길었지 결코 짧지 않았다. 그래서인지 대전교도소에서의 2년 6개월을 차분한 마음으로 보낼 수 있었다. 가정이라는 둥지 안에서 보호와 사랑을 받으며 살아온 사람들은 부모와 형제자매, 친인척 또는 친구들을 비롯한 주변 사람들과 크고 작은 이해관계로 얽혀 있는 데다 남을 누르고 위로 올라가려는 욕심을 지니고 있었다. 반면 나는 어떤 이해관계로 부딪칠 일 자체가 없었다. 언감생심 위를 올려다볼 처지도 아니었다. 사회의 구석진 곳에서 어릴 때부터 이리 치이고 저리 치이며 세상에 대한 불신과 적대감만 가득해졌을 뿐, 좋아하는 것도 없었고 딱히 무엇을 해보겠다는 생각도 가져본 적이 없었다. 그러다가 우연히 만난 『새 마음의 샘터』가 나 자신을 돌아보는 계기를 만들어준 것이었다. 그때부터 나는 내가 이 세상에서 제일 무지하며 나쁜 놈이라고 생각했다. 죄책감은 나를 한없이 초라하게 만들었다. 도둑질을 해서 남에게 피해를 주느니 인간이 되기 위해 노력하다 죽는 것이 더 보람 있는 일이라고 생각했던 것은 그래서였다. 그저 보통 사람이 되고 싶다는 갈망뿐이었다.

내려놓을 것이 별로 없어서일까. 나는 남들보다 쉽게 뇌를 맑게 비우고 최상의 정신 상태를 유지할 수 있었다. 결핵에 걸려 병사에 온 것도, 또 마침 2년 6개월이라는 장기형을 받은 것도, 정 형을 만난 것도 어찌 보면 내게는 모두 행운이었다.

가끔 그때의 기적 같은 순간에

"임 형, 공소장을 한번 볼 수 있을까요?"

정 형이 새삼 조심스럽게 물었다. 그의 관심이 부담스럽진 않았다. 공소장을 보따리 속에서 꺼내 건네주자, 한참 동안 들여다보던 그가 이윽고 자기 이야기를 들려주었다.

"제가 감히 이해한다고 할 수도 없을 만큼 너무 힘든 세월을 살아오셨군요. 나중에라도 그 귀한 경험을 배우고 싶습니다. 사실 저도 일반 학생들과는 처지가 좀 달랐어요. 어릴 때 아버지가 일찍 돌아가시는 바람에 어머니 혼자 형과 누나, 저 삼남매를 키우느라 고생을 많이 하셨습니다. 우리 집안에서 기둥이나 다름없는 형은 고등학생 때부터 나쁜 친구들과 어울리다가 소년원을 드나들었고, 나중엔 교도소까지 들어갔습니다. 집행유예를 받고 나오긴 했지만요. 아무튼 어머니 속을 무지하게 썩였어요. 자기 힘으로 노력해 살려고는 하지 않고 요령만 부려 지금도 집에서는 내놓은 자식 취급합니다. 하지만 누나는 이화여대를 다녔고, 조선 호텔에서 아르바이트할 때 만난 미국 국제 변호사와 결혼 했습니다. 지금은 미국에서 아들딸 낳고 잘 삽니다. 제가 다 른 친구들보다 대학교를 2년 늦게 들어간 것은 고등학교 때 결핵에 걸려 한 학년 쉰 탓도 있지만, 등록금이 없어 아르바 이트로 돈을 마련하느라 늦은 겁니다. 부잣집 정원 나무를 다듬는 일 같은 것도 했지요. 다행히 대학 선배들이 제 형편 을 알고 고등학생 과외 아르바이트를 주선해 주어 대학은 그나마 수월하게 다닐 수 있었습니다."

그의 꿈은 대학교수가 되는 것이었기에, 운동권 친구들 이나 선후배들과 친하게 지내면서도 일정 거리를 두었다고 했다. 학교에서 강의를 들을 때는 늘 맨 앞자리를 지켰다. 강의 시간에 잡담하는 친구들이 있으면 벌떡 일어나 "거 기, 공부하는 사람 피해 주지 말고 나가서 이야기하지?" 하 고 소리칠 정도로 학교에서는 공붓벌레라 소문이 나 있었 다. 그런데 1972년 10월 유신이 선포된 후, 학교 정문에 걸 린 유신헌법 현수막 밑을 지나칠 때마다 분노와 굴욕감이 이는 것을 도저히 참을 수 없었다. 말이 좋아 '유신'이고 '한 국적 민주주의'지, 실은 독재자가 정권을 연장하기 위해 횡포를 부리는 거라고 생각했기 때문이었다. 그래서 그는 학생들이 가장 붐비는 점심시간, 모자와 마스크로 얼굴을 가린 다음 현수막에 불을 지르고 도망쳤다. 공붓벌레가 학교에 나오지 않으면 혹시 의심을 살까 봐 옷을 바꿔 입고 다시 학교로 가서 공부하는 척까지 했다.

완전범죄로 끝날 수 있었던 이 사건은 당시 망을 봐준 후배가 다른 사건에 휘말리는 바람에 들통났다. 후배가 연루된 사건은 이른바 '검은10월단 사건'으로, 훗날 고대 학생운동사에서 큰 비중을 차지하게 된다.

그 무렵 고대 운동권에는 두 개의 흐름이 있었다. 하나는 한사회(한국민족사상연구회)였고, 다른 하나는 한맥회였다. 사학과 69학번인 정 형은 한맥회 회원이었다. 정 형이 "한국적 민주주의 이 땅에 뿌리박자"라고 쓴 유신 현수막을 불태운 이듬해, 학생들은 개학에 맞춰서 학교와 인근 동네에 유인물을 만들어 뿌렸다. 정 형의 후배는 유인물 살포 혐의로 체포되었다. 당시 박정희 정권은 유신을 반대하는 대학과 재야의 움직임에 칼을 갈며 벼르고 있었다. 거기에 고대 유인물 사건은 좋은 빌미를 제공한 것이었다. 중앙정보부는 학생들이 북괴의 지령을 받고 그런 짓을 저지른 것이라고 몰아갔다. 조사를 하다 보니, 한맥회 학생들이 여름방학

때 강원도 탄광 지대로 수련 활동을 가면서 고려대 노동문제연구소 사무국장 김낙중에게 조언을 들은 사실이 드러났다. 김낙중은 한국전쟁 직후 통일을 위해 담판을 짓겠다며 단신 월북한 경력이 있던 이였다. 그때부터 단순한 유인물 살포 사건은 거대한 '학원 침투 간첩단 사건'이 되어 크게 번져나갔다.

학생들은 이미 졸업한 선배들과 교수들까지 줄줄이 엮어 만든, 이름도 무시무시한 '검은10월단'의 조직원이 되었고 이 말도 안 되는 '학원 침투 간첩단 사건'으로 징역 3년에서 10년까지의 중형을 받았다. 정 형은 현수막을 태운 것밖에는 혐의가 없어 공범 중에서 가장 적은 2년 6개월 형을 선고받았다. 그는 자신이 한 행위에 대해서 후회는 하지 않았지만, 교수의 꿈을 포기해야 하는 것은 무척 아쉬워했다. 그래도 그는 행복한 사람이었다. 서울 사는 어머니는 면회를 올 때 일부러 아침밥을 굶고 와 아들과 함께 접견실에서 파는 밥을 먹는다고 했다. 그러면서 "장한 내 아들아"로 시작해 "장한 내 아들아"로 끝나는, 신뢰와 사랑이 철철 넘치는 편지도 보내신다며 내게 보여주었다. 나도 그동안 어떻게 살아왔는지, 그리고 『새 마음의 샘터』를 만난 후 어떤 변화가 생겼는지 정 형에게 털어놓았다.

아침밥을 먹고 설거지를 하는데, 소지가 나와 정 형을 부르며 마산교도소로 이감 갈 준비를 하라고 전했다. 예상치 못한 일이라 마음이 급해졌다. 무엇보다 펜촉과 물감 때문이었다. 나는 만약을 대비해 펜과 물감을 둘로 나눠 물기가 들어가지 않도록 비닐로 싸서 실로 묶었다. 그리고 하나는 쓰던 치약 속에, 다른 하나는 빨랫비누 속을 파내 그 속에 감췄다. 종이는 셋으로 적당히 나눴다.

마산교도소에 도착한 다음 날, 우리는 각기 다른 방으로 들어갔다. 마산교도소는 결핵 전문 교도소답게 이층으로 되어 있는 두 개의 동을 결핵 환자 전용으로 사용했다. 창문이 커서 공기가 잘 통했고, 주사를 놓을 수 있는 공간도 따로 마련되어 있었다. 일반 수형자 30~40여 명은 수용할 수 있는 넓은 방을 8~10명끼리 사용해 자리도 넉넉했다. 나는 8인실을 배정받았다. 침대 매트리스만큼 두툼한 요와, 침낭처럼 두터운 이불이 주어졌다. 이불이 얼마나 두꺼운지 몸이 허약한 사람들은 가슴이 압박될까 봐 벽에 연결된 끈으로 살짝 들어 올려서 덮어야 할 정도였다. 사람들은 감기에 걸리지 않으려고 한여름에도 그 이불을 덮었다. 그 바람에 마루는 땀에 절어 시커멓게 변색되어 있었다.

정 형은 마산교도소에 온 지 며칠 되지 않아 병이 완치된 것으로 판명되었다며 내 방으로 달려왔다.

"임 형도 몸조심해."

제대로 된 인사도 나누지 못하고 헤어졌다.

나는 반복되는 생활을 이어갔다. 이곳 사람들은 하루 종일 서로 말 한마디 섞지 않고 누워 지냈다. 달 밝은 밤 같으면, 결핵균에 오랫동안 시달려 핏기 하나 없는 파리한 얼굴로 자고 있는 모습들이 마치 하얀 관 속에 누워 있는 유령들 같아 섬뜩한 느낌이 들기도 했다. 누가 내 얼굴을 봐도 그렇게 느낄까 싶었다. 유령 같은 사람들의 얼굴에도 생기가 도는 날이 일 년에 어쩌다 한두 번 있었다. 바로 날씨가 아주 따뜻하고 화창한 날이었다. 그러면 다들 옥상에 올라가 내내 덮고 자던 두툼한 요와 이불을 널고 마음껏 햇볕을 쬐었다. 유령들의 얼굴들에도 모처럼 웃음꽃이 피었다. 마산교도소에서는 150여 명의 사람들을 뜰 한곳에 몰아넣고 운동을 시키곤 했다. 대부분은 천천히 걷거나 운동장 한편에 서서 햇볕을 쬐었지만, 꼴통들은 결핵도 잊고 고무공을 차는 놀이까지 즐겼다.

그곳에서 어느 날, 빽을 봤다. 반갑기는커녕 참담한 기분이었다. 마누라가 아들을 낳았다고 이름을 김승현으로 지어주었노라 했었다. 자신의 성 '김'에, 내 이름 가운데 '승' 자, 그리고 또 다른 친구 빨강의 이름 끝 '현' 자를 따서 지은 거라고 했다. 화가 치밀어 한 대 패주고 싶었다. 셋 다 친인 척 하나 없는 고아에, 양아치에, 도둑놈에, 전과자에, 결핵 까지 걸린 환자로 최악의 삶을 살고 있는 처지 아닌가. 하필 이면 그런 우리들의 이름을 따서 아이에게 붙여주다니. 하 지만 나는 아무 말도, 아무 행동도 하지 못했다. 그런데 아 이를 데리고 살기 너무 힘들다며 마누라가 그 갓난아이를 외국으로 입양을 보낸 뒤 연락을 끊었단다. 나는 거짓말이 라고 확신했다. 입양을 보낼 엄마 같았으면 임신 사실을 알 았을 때 애를 지우고, 빽을 찾아가지도 않았을 것이다. 아마 빽과 함께 사는 삶에 진저리가 나 다른 인생을 선택했을 터 였다. 그러나 나는 빽에게 역시 아무 말도 하지 않았다.

교도소에서는 내 병의 상태에 대해 정확하게 알려주지 않았다. 피를 두 번이나 쏟았으니 완치될 거라고는 상상해 본 적도 없었다. 모든 걸 내려놓은 상태였다. 지식에 대한 갈망을 접고 사회에 나가려는 열망, 그리고 내가 과연 할 수 있을까 하는 염려까지 다 내려놓았다. 그리고 나니 외려 병 이 나을 것 같다는 예감이 자꾸만 들었다. 알 수 없는 확신 에 사로잡혀 팔굽혀펴기 운동부터 하기 시작했다. 누가 보아도 이상한 사람으로 보일 법한 행동이었다. 근거 없는 확신에 사로잡힌 나를 모두가 의아한 눈으로 쳐다보았다. 그러나 엑스레이를 찍었을 때 놀라운 일이 벌어졌다. 의사는 놀란 표정으로 완치 판정을 내렸다.

나는 가끔 그때의 기적 같은 순간에 대해 생각해 보곤 한다.

무의 상태에서 한자를 익히다 보니 몸과 마음, 즉 심신이 샘물처럼 맑아져 그런 예상치도 못한 일이 벌어진 것이 아닐까 싶었다. 병이 나을 거라는 말도 안 되는 생각을 조금의 의심도 없이 그대로 믿고 따른 것도, 어쩌면 내 심신이 맑고 깨끗해졌기 때문이 아니었을까. 뇌를 아무 것도 없는 진공으로 만든다는 것. 나는 그런 상태에서 한자를 공부하며 시계추처럼 한 치의 빈틈도 없이 반복되는 생활을 계속해 나갔다.

내가 처음으로 완성한 편지

푸른 수의로 갈아입었다. 기분이 날아갈 것 같았다. 같이 퇴원한 사람들과 함께 건강한 수형자들이 있는 방으로 들어갔다. 갑작스럽게 변한 환경이 낯설기도 하고, 마음도 안정되지 않아 한자 공부를 잠시 중단했다. 대신 움츠려 있던 몸을 펴고 운동을 했다. 땀을 뻘뻘 흘리며 뛰어다녔다.

다른 수형자와 시비가 붙는 날에는 욱하는 성질을 아직 버리지 못했다는 생각이 들어 며칠 동안 엄청난 자책감에 시달렸다. 나 자신을 갈기갈기 찢어 죽이고 싶을 정도였다. 상실감과 절망감에 온몸에서 기운이란 기운이 다 빠져나가는 것 같았다. 깊은 탄식이 절로 나왔다. 미국 드라마 〈두 얼굴의 사나이〉 속 괴물, '헐크'와 같은 또 다른 나를 발견하는 순간 그동안 노력해 온 것이 스르륵 무너져 내리는 것 같았다.

시골에서 살인죄를 저지르고 들어왔던 순박한 얼굴의 농

촌 청년이 떠올랐다. 가뭄에 물꼬 때문에 옆 논의 주인과 시비가 붙어 몸싸움을 했단다. 그러다 깜빡 정신을 잃었다가 돌아와 보니, 상대는 피를 흘리며 쓰러져 있었고 들고 있던 괭이에 피가 묻어 있었다고 했다. 나는 사람들이 순간적으로 정신을 잃었다고 하는 말을 믿지 않았다. 시도 때도 없이 욱하는 분노가 치솟아도 정신을 잃어본 적은 없었다. 사형을 면하려고 거짓말을 꾸며내는 것이라고 생각했다. 그러나 그것이 진실이었음을 이제 깨달았다. 순박하게 농사만 짓던 청년은 제 감정을 억제하지 못해 정신을 잃고 그간 알고 지내던 동네 아저씨를 죽였다. 하지만 나는 그런 상태가 되었어도 무언가에 가로막혀 차마 상대를 때리지는 못하고 있었다. 어쩌면 마음속에 큰 뿌리는 내린 것 아닐까, 그래서 결정적인 순간에 스스로 자제를 할 수 있게 된 것은 아닐까 하는 생각이 들어 그나마 위안이 되었다.

거친 눈보라를 헤치고 꽁꽁 얼어붙은 북극점까지 갔다가 인생의 원점으로 되돌아온 것 같다는 생각이 들었다. 내게 있어서 원점은 바로 동심(童心)이었다. 어린 시절 누구나 지니는 순수한 마음의 세계. 그 동심이 내게도 있었으며, 그것이 바로 내 인생의 출발이요 원점이었다는 것을 먼 훗날에야 알았다.

교무과장 면담을 신청해 놓고 기다리고 있을 때였다. 문득 정 형이 이곳 운동장에서 운동을 하고 있을 것만 같은 느낌을 받았다. 내가 있는 방에서는 운동장 구석에 기댄 사람들만 보일 뿐이었다. 그들은 대개 운동은 하지 않고 책을 읽거나 사색에 빠져 있었다. 정 형이 있는지 살핀다는 것은 사막에서 바늘 찾기만큼이나 불가능한 일이었다. 창문은 교도관이나 소지가 방 안을 들여다보는 용도로 만들어져 있어서, 방에서 밖을 보려면 얼굴이 바닥에 닿을 정도로 몸을 숙여야 가능했다. 그래야 겨우 운동장 모서리 정도만 볼 수 있었다.

불편을 감수하고 몸을 숙여 창밖을 바라봤다. 그런데 거짓말처럼 정 형이 눈에 들어왔다. 그는 운동장을 크게 돌고 있었다. 나는 다급하게 소지를 불러 도움을 요청했다. 얼마 후 정 형은 고개를 갸웃거리며 내 방으로 왔다. 우리는 이렇게 기적적으로 재회했다. 행운의 여신이 나를 도와주는 것은 아닐까, 싶은 생각이 들었다. 정 형은 인쇄 공장으로 출역을 나간다고 했다. 그는 자신이 틈틈이 한문 공부할 때 사용한 미색 종이를 가져다 주고는 얼마 지나지 않아 출소했다.

그런데 어느 날 정 형이 편지를 보내왔다. 전혀 기대하지 않았던 편지였다.

승남아, 그곳에서 고생이 심하지? 마산에서 너와 갑자기 헤어진 뒤로, 네가 가끔 떠오를 때마다 너하고 의형제를 맺어 서로 의지하며 지냈으면 좋았을걸 하는 아쉬운 생각이 들었다. 그래서 승남이 너도 동의하리라 보고, 너하고 상의도 없이 내 멋대로 의형제를 맺기로 결정했다. 승남아. 혹시 그곳에서 필요한 것이 있으면 이 주소로 연락하고, 출소하면 꼭 찾아와. 우리 사회에서 다시 만나 서로 의지하며 지내자. 그곳에 있는 동안 부디 건강 조심하기 바란다.

고아인 나로서는 고맙고 감격스러운 일이었다. 나 같은 놈을 그렇게까지 생각해 줘 정말 고맙다고, 나도 좋다고 짧게 답장을 써 보냈다.

며칠 뒤 인쇄 공장으로 출역이 떨어졌다. 인쇄 공장은 주로 3년 형 이상을 받은 사람들 중에서 지식인층에 속하는 장기수들이 가는 곳이었다. 그래서 국가보안법으로 들어온 사람들이 많았다. 나처럼 형기가 10개월 정도 남은, 그것도 전과 7범 구제불능으로 낙인찍혀 있는 놈이 감히 넘볼 수 있는 곳이 아니었다. 뭔가 잘못된 것이라고 생각해 되물었지만 내 수인 번호가 틀림없었다. 방 사람들은 축하를 해주었지만, 착오로 생긴 일 같으니 다시 돌아올 거라고 대답했다. 그러나 곧 전후 사정을 알게 되었다. 출소한 정 형이 대전교도소 소장에게 서신을 보냈던 것이다. 나만큼 순수하고 인간적인 사람은 보지 못했다고, 비록 고아에 전과는 많지만 사회에 나가서 조금이라도 마음잡는 데 보탬이 될 수 있도록 기술 같은 것을 배울 수 있는 공장으로 출역을 시켜주면 고맙겠다고 사연을 적어 보냈고 여기에 감동을 받은 소장이 나를 인쇄 공장으로 출역시킨 것이었다.

인쇄물을 접는 접지 기계가 있긴 했지만, 그곳엔 기계는 없고 사람이 많아 종이에 자를 대고 손으로 인쇄물을 하나하나 접는 일을 했다. 나이가 어리다 보니 이런저런 심부름을 돕기도 했다. 공장에 있는 정 형의 고려대학교, 서울대학교 선배들도 내게 잘해줬다. 그것이 훗날 내가 평생 인쇄와 관련 있는 업종에 머무는 계기가 되리라고는 꿈에도 생각하지 못했다.

추운 겨울날, 교무과 교도관이 나를 찾아왔다. 그동안 문맹반은 거의 운영을 하지 않았는데 아직도 내가 문맹반을 원하는지 확인하려는 것이었다. 징역살이 시간 깨는 데에는 인쇄 공장만 한 곳이 없었다. 일도 편한 데다가 밥도 맛있었고 선배들도 잘 대해주었다. 그래도 나는 문맹반을 선택했다. 그곳에서 한자를 배우는 것이 장차 내 삶에 보탬이 될 것 같다는 생각에서였다. 문맹반은 자리도 넉넉했던 데다가 연필과 공책까지 나눠주었다. 정말 글을 배우려고 온 사람은 10여 명 정도였다. 대부분은 다른 방에 있는 것보다 나을 것 같아 왔거나 공장에서 일하기 싫어서 온 사람들이었다.

담당 교도관은 인쇄 공장까지 찾아올 정도로 자신의 일에 진정성을 갖고 일하는 사람이었다. 그는 아주 성실하게 우리를 가르쳤다.

"사막을 여행하는 사람들이 가장 두려워하는 게 전갈입니다. 독성이 아주 강한 곤충이지요. 이 전갈 암컷은 짝짓기 시기가 되면 가장 강한 씨로 번식하기 위해 암내를 풍깁니다. 그러면 주변에 있는 수천 마리의 수컷들이 그 암내를 맡고 달려들지요. 그 과정에서 수천 마리의 수컷들은 한 마리만이 남을 때까지 싸웁니다. 암컷은 최후의 승자와 손을 잡고 죽은 전갈들의 시체를 밟고 올라가 짝짓기에 들어갑니다. 그리고 짝짓기 후, 수컷은 자신의 씨를 받아준 암컷에게 제 몸을 먹이로 기꺼이 헌납합니다. 암컷은 한 번에 수천 마리의 새끼를 낳는데, 암컷도 자신의 몸을 기꺼이 새끼들의 양식으로 헌납합니다. 제가 전갈이라는 이 독충을 통해 여러분에게 이야기하려는 요지는, 이 지구상에 우리와 함께 사는 동물과 곤충들도 자신들의 종자를 보전하기 위해서는 어떠한 희생도 기꺼이 감수한다는 것입니다. 나는 이 점을 여러분한테 알리고 싶습니다.

지금 이곳에 있는 계신 분들 중에는 아들딸이 있는 분도 있고, 더러는 손자 손녀들까지 있는 어르신도 계실 겁니다. 물론 앞으로 장가를 가서 자식을 낳고 살 사람도 있을 겁니다. 여러분 중에는 형편이 어려운 경우가 많을 거라고 봅니다. 하지만 자신의 가족에게 전갈처럼, 그러니까 자기 자신을 헌신하겠다는 마음으로 살아간다면 어떠한 난관이라도 극복할 수 있으리라고 생각합니다.

사람이 살아가는 데에 추억거리가 있는 것과 없는 것은 아주 다릅니다. 특히 자식이나 손주들과 마루에 걸터앉아 밤하늘에 떠 있는 별이나 달을 바라보며, 또는 시골길이나 바닷가를 거닐면서, 하다못해 동네 골목길을 다정하게 손 잡고 거닐면서 같이 부를 노래 서너 개는 알고 있어야 합니다. 그래야 추억거리가 생긴다고 생각합니다."

그는 '넓고 넓은 바닷가에 오막살이 집 한 채'라든지 '엄마야 누나야 강변 살자' 같은 가사를 칠판에 적어놓은 다음 두 손을 휘저어 가며 음악 선생처럼 열심히 우리를 가르쳤다.

그는 가끔 자신의 가정사, 가령 부부싸움에 대해 말하면서 그것이 칼로 물 베기라는 사실도 이야기했다. 우리가 아무리 무식한 놈들이라도 그것이 꼭 부부 사이에만 해당하는 게 아니라 사람과 사람 사이의 모든 관계에 적용되는 교훈이라는 점은 알 수 있었다.

그는 또 이렇게 말했다.

"사람이 살아가면서는 종종 복잡한 일이 생깁니다. 그런데 전화나 말로 상대를 설득하기가 어려울 수 있습니다. 이때 글로 자신의 심정을 차분하게 정리해서 전달하면 의외로 상대가 쉽게 이해할 수 있습니다. 그런 점에서 여러분이 이곳에 있는 동안 부모님이나 처자식, 형제나 친구들한테 편지 쓰는 연습을 많이 해서 나갔으면 합니다. 오늘은 여러분이 출소한 뒤 사회로 나가서 저한테 편지를 쓴다고 가정하고, 한번 써보시기 바랍니다. 제가 기다리고 있을 테니 정성껏 써보세요."

나는 이렇게 썼다.

제가 사회에 나와 교도관님한테 편지를 쓸 줄은 정말 몰랐습니다. 제가 그 안에 있을 때, 교도관님이 저희들한테 편지를 써보라고 했던 기억이 문득 떠올라 오늘 펜을 들었습니다. 저는 그곳에 있을 때……

편지를 써본 적도 별로 없었지만 나는 진심으로, 사회에
나가 교도관에게 편지를 보낸다고 생각하며 써서 제출했
다. 길지 않았고 서툴렀지만 진심을 담아서 썼다. 교도관은
편지를 일일이 다 검토하다가 내가 쓴 편지를 보고는 이미
다 돌려준 다른 사람들 것과는 달리, 입가에 엷은 미소까지
지으며 오래 들여다보았다. 그러더니 정말 출소해서 나간
것처럼 편지를 써준 사람이 있어 가슴이 뭉클하다고 말했
다. 이름 세 글자도 쓰기 어려웠던 시절을 지나 내가 처음으
로 완성한 편지였다.

2부

펜보다 강했던 총칼

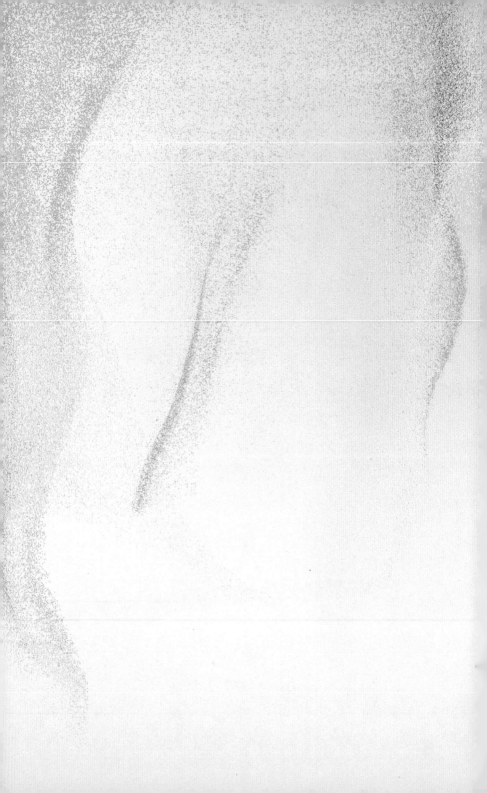

이런, 인간 말종 같은 새끼가

1976년 8월 8일, 높은 담으로 둘러싸여 있는 대전교도소의 철문을 빠져나왔다.

사회에 나와 제일 먼저 한 일은 막노동이었다. 막노동 중에서도 가장 힘들다는 등짐 일을 했다. 삼선교 친구들은 제대 후 성북동 산동네에 방을 얻어 살면서 일을 나가고 있었다. 나는 친구들이 준 작업복에 농구화를 신고 으스스한 새벽길을 따라나섰다. 삼선교 밑에 가니 사장이 낡은 포니 자동차를 세워놓고서 우리를 기다리고 있었다. 졸지에 신길동으로 끌려가 개천에 콘크리트를 치는 현장에 투입되었다. 건장한 친구들 서너 명이 시멘트와 물을 적당히 붓고 삽으로 잘 섞어 물 빠진 개천 위에 뿌렸다. 나는 모래를 나무 질통에 짊어지고 개천 밑으로 내려가 넓은 철판에 붓는 일을 배정받았다. 다른 친구들은 이 일이 몸에 익숙한 듯 진흙

이 발목을 잡아도 영향을 받지 않았지만 나는 달랐다. 유리 조각에 발바닥을 찔리고 어깨가 벌겋게 부어올랐다. 나는 '참는다는 것은 참을 수 없는 것을 참는 것이다'라는 말을 떠올리며 간신히 버텼다. 벽돌과 시멘트, 모래의 무게에 종일 짓눌렸다가 집에 와서는 녹초가 된 채로 쓰러졌다. 친구들은 가끔 이렇게 말했다.

"넌 노가다 체질은 아니지. 어떻게 된 놈이 잡일 좀 했다고 밤새 끙끙거리며 앓니? 우리가 너를 잡는 줄 알았다."

주머니에 돈이 들어오자 정 형이 떠올랐다. 정 형 주소로 편지를 보내자 곧 답장이 왔다. 우리는 반갑게 만나 밀린 회포를 풀었다. 당시 퇴계로 쪽의 태극출판사에 다니고 있던 형은 명함을 주면서 자주 전화하라고 말했다. 얼마 후 나는 성남에 있는 형네 집으로 향했다. 돼지고기 두 근을 사 들고서 복덕방 할아버지들에게 주소를 물어물어 집을 찾아갔다. 미리 형에게 전화로 알리지도 않고, 주소만 가진 채 무작정 성남행 버스에 올라탔던 것이다. 어느덧 날이 저물어 가고 있었다.

형은 내가 연락도 없이 집을 찾아오자 반가워하기보다는 조금 놀란 눈치였다.

"승남아, 네가 어떻게? 전화 좀 하고 오지. 요새 정보부 놈들이 내 주위를 맴돌아 때가 좀 안 좋은데. 하여간 일단 왔으니까 집 안으로 들어가자."

수돗가에서 형과 같이 씻고, 어머님의 정성이 담긴 밥을 같이 먹고, 오래간만에 둘이 한방에 누워 이런저런 이야기를 나누다가 잠이 들었다. 이튿날 만원 버스를 타고 함께 서울로 올라왔다. 그러나 마음이 편치 않았다. 교도소 안에 있을 때와는 달리 보이지 않는 거리감 같은 것을 느꼈기 때문이었다. 어차피 살아가는 길 자체가 다른데 내가 괜히 형에게 폐를 끼치고 있는 것은 아닐까 하는 생각이 들었다. 그래서 한동안 전화를 하지 않다가, 괜히 속 좁게 군 것 같아 형이 있다는 출판사로 전화를 걸어보았다.

"승남아, 내가 자주 전화하라고 했잖아. 얼마나 기다렸는지 알아? 지금이라도 연락이 되었으니 다행이다. 취직자리가 생겼으니까 오늘 당장 만나자."

형의 목소리에서 섭섭함과 뿌듯함을 동시에 느꼈다. 형은 나를 성동구 신당동에 있는, 고대 선배가 차렸다는 태두 출판사로 데려갔다. 나는 취직자리가 생겼다는 반가운 마음보다는 불안한 마음으로 물었다.

"내가 잘해낼 수 있을까?"

"신생 출판사라 아직 책은 나오지 않았어. 조금 있으면 첫 책이 나오는데, 네가 할 일은 서점에 책을 갖다 주고 팔린 책 대금을 수금해 오는 단순한 일이니까 별문제는 없을 것 같다. 그리고 그 선배가 나한테 마음의 빚이 좀 있는 선배니까, 너한테도 잘해줄 거다."

"그럼, 나를 그 안에서 만났다는 것도 이야기했어?"

"아직은 이른 것 같아서 잘 아는 동생이라고만 했어. 너도 당분간은 말하지 말고 모른 척해."

태두출판사는 3층짜리 작은 건물 2층에서 15평 정도의 아담한 사무실을 쓰고 있었다. 사무실 사람들이 정 형과 나를 반갑게 맞아주었다. 사장님은 30대 초반으로 신체에 장애가 있는 분이었는데, 사업을 하기보다는 학생들을 가르치면 잘 어울릴 것 같은 인상이었다. 사장님과 친분이 있던 샘터사 소속의 사람이 주간 자리를 맡아서 무보수로 일을 도와주고 있었다. 편집부에는 2명의 직원이 있었다. 경리는 정 형 선배의 여동생과 야간 고등학교 3학년 여학생이 담당했다.

1976년 11월 초, 나는 월급 3만 원의 영업 배본사원으로 취직했다.

태두출판사는 사장님이 대학 동창과 의기투합해서 설립한 곳인데 자본이 넉넉하지 못했다. 책이 실패하면 오래 버티기가 힘든, 기반 자체가 약한 출판사였다. 직원들은 월급을 최소한으로 받으면서 나중에 보답을 해주겠다는 사장님의 약속만 믿고 있었다. 호적도 없는 내가 정 형의 추천으로 취직하는 행운을 잡을 수 있었던 데에는 이런 배경이 있었다.

나는 늘 제일 먼저 출근해 사무실을 청소했다. 회사에서는 베토벤에 관한 영문 원서 복사본 400권을 만들어 대학교 구내 서점과 학교 주변 서점들에 배포했다. 의외로 반응이 좋아 400권을 쉽게 팔았다.

얼마 후 상업부기 책이 나올 즈음이었다. 출근 시간에 횡단보도를 건너고 있는데, 건너편 파출소에서 나온 정사복 순경들 네다섯 명이 갑자기 불심검문을 하는 바람에 파출소로 끌려 들어갔다. 나는 빨리 출근해야 한다는 다급한 마음에 이력을 숨기고 하숙집 장물아비 아주머니의 아들 신창섭의 이름을 댔다. 성북경찰서로 가자, 주민등록증 단속으로 각 파출소에서 넘어온 사람들 200여 명이 북적거리고 있었다.

곧 신창섭의 이름이 불렸다. 그러더니 신창섭이라는 이름으로 사건이 접수되어 있는 남부경찰서로 이첩시켰다.

지난해 겨울 고등학생들이 패싸움을 벌였는데, 그중 동명이인 신창섭이라는 사람이 기소중지된 사건이 있었던 것이다. 그때는 내가 대전교도소에 있던 시기였기에 결국 이력을 사실대로 이야기할 수밖에 없었다.

"고아로 커 호적이 없습니다. 그래서 다급한 김에 같은 집에 살고 있는 친구의 이름을 둘러댄 겁니다. 조사해 보면 아시겠지만, 이 사건이 벌어진 작년 겨울에는 제가 특수절도죄로 2년 6개월을 받아 대전교도소에서 형을 살고 있었습니다."

형사는 뭐가 미심쩍은지 지문을 찍어본 뒤에도 대전교도소에 전화까지 해서 확인했다. 내가 신창섭이 아니라는 사실은 금세 밝혀졌다. 나는 곧 내보내 주겠거니 생각했다. 하지만 조서를 쓰는데, 마치 내보내려고 쓰는 조서가 아니라 구속을 목적으로 쓰는 조서같이 느껴져 따졌다.

"형사님, 제가 범인이 아니라는 것이 확인되었으면 내보내 주셔야죠. 지금 꾸미는 조서는 구속을 시키기 위한 것이 아닙니까?"

형사는 그래도 양심은 있었는지 겸연쩍은 듯 어색한 웃음을 지으며 말했다.

"잘 아시네. 널 내보내 주려면 서류가 복잡하지만 구속은 간단하거든."

순간 피가 거꾸로 솟구쳤다.

'이런, 인간 말종 같은 새끼가······.'

형사의 머리통을 쪼개버리려고 책상 위에 있는 큼지막한 유리 재떨이를 막 집으려는 찰나였다. 이건 내가 지는 거다, 라는 생각이 불쑥 떠올랐다. 화산이 폭발하듯 솟구쳐 올라오던 분노가 얼음물을 뒤집어쓴 것처럼 일순간에 사그라졌다. 숨을 한 번 고르자, 마음은 잔잔한 수면처럼 평온해졌다. 말을 더 섞다가는 무슨 짓을 저지를지 몰랐다. 나는 형사의 질문에 더 이상 대답하지 않았다. 조서 쓰기를 끝내고 대기실로 돌아왔을 때, 다른 사람 면회를 온 한 아주머니에게 정 형 전화번호를 적어주고 대신 전화 좀 해달라고 부탁했다.

형이 헐레벌떡 달려왔다. 전후 사정을 들은 형은 흥분해서 형사에게 따졌다. 그러자 형사는 신창섭 본인을 데려오면 나를 보내주겠다고 말했다. 내가 적어준 주소와 약도를 가지고 성북동 산동네에 간 형은 양쪽 겨드랑이에 목발을 짚고 한쪽 다리를 질질 끄는 신창섭을 데려왔다.

우리 셋이 수사과를 빠져나올 때, 형사는 감정이 잔뜩 들어가 있는 목소리로 크게 말했다.

"어이, 거기! 대전교도소에 전화한 전화비는 주고 가야 되는 거 아냐?"

그러면서 정 형에게서 전화비로 5000원을 챙겼다. 나는 그 형사가 인간으로 보이지 않았다.

"아, 참. 전화를 해줘야 하는데."

형이 허둥지둥 공중전화 박스로 뛰어가서 전화를 하고 돌아왔다.

"회사 사람들한테 이야기했어?"

"네가 연락이 되지를 않아 어쩔 수 없이 이야기했다."

"그럼, 이제 회사는 그만 다녀야겠지?"

"그게 무슨 소리야? 너 때문에 지금까지 사무실에서 퇴근들도 안 하고 기다리고 있다가 네가 나왔다고 하니까 다들 좋아서 소리 지르는 거 못 들었어? 네가 지금 그만두면 회사도 곤란하니까, 다른 생각하지 말고 잘 다녀. 회사 다니는 것이 너한테도 좋지만 회사를 위한 것도 되니까 다른 건 신경 쓰지 말고 그냥 다녀."

미안한 마음이 들었지만 내가 다니는 것이 도움이 된다는 말에 용기를 얻어 회사를 계속 다녔다. 그리고 가호적으로 주민등록증을 만들기로 했다. 통반장들이 내가 고아라는 것을 인정하고서 서류에 도장을 쉽게 찍어주었다. 대서소에 가서 신청하니 비용은 3만 원이었다. 돈이 없어서 만 5000원만 먼저 내고, 나머지는 주민등록증이 나오면 주겠다고 했다. 대서소 할아버지가 부모 이름을 넣자고 했다. 아버지 이름이 호적에 없으면 이상하니까 아버지 이름은 임성택, 본관은 평택 임씨로 하고 어머니 이름은 성만 김씨로 해서 적어 넣었다. 나이는 두 살 올려 1947년생으로 했다. 출생일은, 나로선 당시 가장 뜻깊은 날이 대전교도소에서 출소한 8월 8일이기에 그날로 정했다.

한 달 정도 지나 사진이 붙어 있는 주민등록증을 손에 쥘 수 있었다. 만감이 교차했다. 나보다 먼저 가호적을 만들어 주민등록증을 발급받은 친구들이 "넌, 있으나 마나 한 3000만 중 하나야" 하며 뻐기던 것이 제일 먼저 떠올랐다. 이어 부모님이 물려주신 호적이었다면 더 좋았을 텐데 하는 아쉬움과, 이제야 정식으로 이 사회의 일원이 된 것 같은 성취감이 교차했다.

생활이 너무 어려워 끝내 대서소 할아버지에게 잔금을 주지 못했다. 월급 3만 원을 받아 아주머니에게 생활비를 주고 남은 돈으로 점심값과 담뱃값, 그리고 출퇴근 버스비를 내는 것만도 빡빡했다. 가호적을 만들기 위해 만 5000원을 내고 나자 첫 달은 빈털터리나 마찬가지였다. 새 담배 대신 재떨이에 있는 꽁초를 피웠고, 점심도 굶었다. 가끔은 버스비가 없어 신당동에서 성북동까지 걷기도 했다. 내복을 살 돈도 없어 친구들이 입다가 걸레로 사용하려고 내놓은, 사타구니 쪽이 다 헐어 거지도 주워 입지 않을 내복을 빨아 입었다. 나는 그것이 궁핍한 생활인지도 몰랐다. 다른 사람들처럼 도둑질 안 하고, 나의 노력만으로 세끼 밥을 먹을 수 있다는 사실 하나만으로 모든 불편을 충분히 감수할 수 있었다.

이윽고 상업부기 책이 나왔다. 바쁘게 움직여야 했다. 서울과 수도권, 특히 인천과 수원 같은 곳의 상업고등학교 앞 서점이나 문방구에 다섯 권씩 배포했다. 경리가 약도와 거래장, 버스 토큰을 주면 책을 가져다주고 거래장에 도장을 받아 경리에게 다시 돌려주었다. 하지만 동대문상고 선생두 명이 저자인데 그 학교에서도 채택하지 않은 책이었으니, 기대한 만큼 나갈 턱이 없었다. 태두출판사는 기획에 일관성이 없었고 영업에 특히 취약했다. 동대문 도매상들과 어떻게 거래를 해야 하는지조차 몰랐다. 결국 내가 입사한지 5개월 정도 되었을 때 회사는 문을 닫았다.

이렇게 천대를 받느니 차라리

　사장님과 둘이 남아 뒷정리를 하고 있을 때, 뜻하지 않은 기회가 찾아왔다. 평민사 사장님이 직접 전화해 나를 보내달라고 부탁했다는 것이다. 그가 나를 스카우트하겠다고 제의한 동기는 태두출판사 시절 우연히 어떤 자리에 참석한 인연 때문이었다. 정 형이 있는 태극출판사 사람들이 주축이 되어 출판사와 관련 있는 사람들의 모임을 갖자는 취지로 자리를 만든 적이 있었다. 솔직히 나 같은 놈이 낄 자리는 아니었다. 하지만 사장님이 전 직원을 데리고 가는 바람에 마지못해 참석한 것이었다.

　모임이 마무리될 무렵, 다들 자리에서 일어나 옆 사람과 어깨동무하고 노래를 부르기 시작했다. 나는 제목도 몰랐고 한 소절도 들어보지도 못한 〈선구자〉라는 노래였다. 그런데 야간고등학교에 다니는 고등학생부터 견습 직원까지 모두 열정적으로 따라 부르는 것이었다. 입을 오물거리기도 어려웠던 나는 내가 다른 세계에서 온 이방인 같다는 생각을 지울 수 없었다. 이어 사람들은 〈상록수〉를 불렀다.

이날 모임에는 나와 비슷한 사람이 또 있었다. 그 자리에 모인 이들은 서울대나 고대, 연대를 나온 사람들이 거의 대부분이었다. 옷과 머리 모양도 다들 범생이처럼 수수하고, 안경도 검은 뿔테였다. 그런데 그중 딱 한 사람이 금테 안경에 명품 옷차림을 하고 있었다. 귀까지 덮은 장발이 흘러내리면 손가락으로 쓸어 넘기고, 담배를 피울 때는 라이터가 아니라 굳이 성냥으로 불을 붙인 뒤 성냥불을 손톱으로 툭 쳐서 끄는 폼이 한마디로 모범생과는 거리가 먼 '폼생폼사'로 보였다. 그는 평민사 영업부장이었다. 모범생들만 우글우글한 모임에서 유일하게 낯설지 않은 친구라 마음에 들었다. 하지만 이날은 서로 인사도 하지 않고 헤어졌는데, 그 영업부장이 태두출판사 소식을 듣고 사장에게 나를 적극적으로 추천했던 것이다.

평민사는 세종문화회관 뒤쪽 건물 4층에 있었는데 태두출판사에 비해 서너 배는 더 넓은 사무실을 쓰고 있었다. 사장님은 30대 초반으로 건대를 나온 분이었고, 연극 극단을 차려 직접 연출을 할 정도로 재주가 뛰어난 사람이었다. 주간은 소설을 쓰는 작가였으며 업무국장은 같은 대학 출신이었다. 한마디로 건대생들이 주축이 되는 출판사였다. 서울대 출신이 한 명 있었는데, 그는 1974년 민청학련(전국민주청년학생총연맹) 사건으로 들어갔다가 나온 이해찬으로 당시 편집부 차장이었다. 평민사는 책을 이미 5권 정도 펴낸 바 있었다. 내가 들어간 무렵에는 유명 작가나 시인들의 에세이집이 한꺼번에 10여 권씩 쏟아져 나오던 때여서, 특히 영업부장 밑에서 일하며 책을 서점에 배본할 직원이 급히 필요하던 참이었다. 평민사에서는 내 월급을 7만 원으로 책정해 주었다.

입사하자마자 정신없이 뛰어야 했다. 유명 작가들의 에세이집들이라 어느 정도 예상은 했지만, 책들이 나오자 실제 반응은 훨씬 더 좋았다. 초판 5000부는 쉽게 나갔다. 그중 박완서의 『꼴찌에게 보내는 갈채』는 단숨에 베스트셀러 반열에 올랐다. 그야말로 화장실에 갈 시간도 없을 정도로 우리를 바쁘게 한 초대형 베스트셀러였다. 그때는 회사 영업용 차량도 없을 때였고, 배본을 대행해 주는 업체도 없던 시절이었다. 매일같이 직접 끈으로 책을 묶어 양손에 들고 버스를 타고 돌아다녔다. 동대문 도매상과 종로, 광화문에 있는 대형서점들, 그리고 명동, 서울역, 노량진, 용산, 영등포, 서대문, 청량리 등 서울 시내 거래처를 정신없이 찾아다녔다. 하루에도 서너 번씩 사무실을 들락거려야 했지만 힘든 줄도 몰랐다. 막노동은 시간이 가면 갈수록 버거워지는데 반해, 책은 처음 들고 나갈 때는 힘들어도 서점에 내려주고 나면 그다음부터 점점 가벼워지는 것이 재밌었다. 그렇게 다니는 걸 창피하게 여기는 영업자들도 있었다. 하지만 나는 정말 기쁘게 생각했다. 사무실로 들어오는 길에는 근처에 있는 슈퍼에서 박스를 구해 와 지방 서점에 보낼 책들을 포장했다. 전국 방방곡곡 안 보내는 곳이 없었다. 주문량이 많으면 용달차를 부르기도 했지만, 웬만하면 힘이 좀 들더라도 버스를 타고 서부역에 가서 직접 부쳤다.

영업부장은 남녀 불문, 직위가 높고 낮음에 관계없이 모든 사람들을 편하게 만들어주는 남다른 재주를 지니고 있었다. 하지만 책을 들고 다니는 것 같은 궂은일은 체질적으로 싫어했다. 도매상 주문이 너무 많아 혼자 도저히 들고 갈 수 없을 때나 지방에 발송할 신간 분량이 많을 때만 겨우 도와주는 정도였다. 하지만 나는 굳이 영업부장의 손을 빌릴 생각은 하지 않았다. 하루하루가 신났다. 답답한 우물 안에만 갇혀 있던 개구리가 넓은 세상으로 나와 이리 뛰고 저리 뛰는 것처럼, 즐겁게 일했다.

첫 월급을 받았다. 나는 기쁜 마음으로 대서소 할아버지를 찾아갔다. 그런데 대서소가 이미 문을 닫은 뒤라 아쉽게도 돈을 전달할 수는 없었다.

나는 배본을 하는 틈틈이 영업 일에도 관심을 기울였다. 누구에게 직접적으로 배우지는 않았다. 다만 서점 책장에서 가장 눈에 잘 띄는 명당자리에 우리 책을 꽂아놓았다. 한번은 영등포 문화서점에 『꼴찌에게 보내는 갈채』 5권을 전달하면서 우리 책을 살폈더니, 책장 제일 밑에 꽂혀 있는 거였다. 우리 책이 천대받고 있다는 생각에 서러움이 몰려왔다. 책들을 다시 눈높이 자리에 꽂아놓고 있는데, 서점 직원이 다가왔다.

"자기네 책이라고 마음대로 옮겨놓으면 나중에 손님이 찾을 때 저희들이 위치를 몰라 애를 먹습니다. 그리고 일단 책을 맡겼으면, 그때부터는 출판사 책이 아니라 저희 책이에요. 그러니 다시 제자리에 꽂아놓으세요."

"전 저희 책이 이렇게 천대받는 꼴을 보고 그냥은 못 갑니다."

"나중에 옮겨둘 테니 지금은 제자리에 꽂아놓으세요."

"그렇게는 못 합니다."

"제자리에 꽂아놓으세요."

순간 나는 감정을 억제하지 못했다.

"이렇게 천대를 받느니 차라리 우리 책을 가져가겠습니다."

조금 전 배달한 『꼴찌에게 보내는 갈채』5권까지 꺼내 다시 싸자, 계산대에 있던 총무가 평민사로 전화를 걸었다. 나는 그제야 감정에 치우친 행동을 후회했다. 영업부장과 한참 이야기를 주고받던 총무가 전화를 내게 넘겨줬다. 질책받을 줄 알았지만, 부장님은 오히려 몇 마디 위로의 말까지 건네며 나를 달랬다. 그제야 나는 가슴을 쓸어내렸다. 몇 개월이 지났을 무렵 나는 대부분의 서점 주인과 총무, 그리고 대형서점 직원들과 친해졌다. 내가 애착을 갖고 즐겁게 일하고 있다는 게 다 눈에 보였기 때문일 것이다.

버스가 서울역 건너편에 있는 버스정거장을 지나고 있을 때였다. 현대서점 사장님이 서점 앞에서 두 팔을 쭉 뻗으며 기지개를 켜는 모습이 보였다. 나는 열려 있는 창문 밖으로 고개를 내밀고 크게 불렀다.

"어이, 현대!"

사장도 날 보자 반가워하며 말했다.

"『꼴찌』5권, 알았지? 『꼴찌』5권."

사장은 손가락을 펴 보이며 주문했다.

회사에서는 종종 저녁 회식 자리를 가졌다. 술도 함께 마셨지만, 나는 그때만 해도 구석에서 주로 듣기만 했다. 사장님과 다른 간부들은 살아가는 이야기와 영화, 음악, 책, 연극 등 관심 있는 주제에 대해 의견을 나눴다. 하지만 이해찬 차장은 다른 간부들과 달리 우리 사회의 문제점에 대한 이야기를 많이 했다. 그때는 그가 민청학련 사건으로 들어갔다가 나온 사실조차 몰랐을 때였는데, 개인의 관심사나 일신상의 문제보다 우리 사회의 모순에 대한 비판이나 공동체 발전에 대한 의견을 거침없이 이야기하는 모습에 사람이 커 보이고 존경스럽기까지 했다. 우리 둘은 자연스럽게 친해졌다.

이해찬 차장은 출판 감각도 굉장히 뛰어난 사람이었다. 『갈매기의 꿈』 저자 리처드 바크가 쓴 『환상』이라는 책을 펴낸 것도 이해찬 차장의 판단력 때문이었다. 우리나라가 아직 세계저작권협회에 가입이 되어 있지 않을 때라서, 그때까지 출간된 번역본들은 모두 해적판인 셈이었다. 그러다 보니 유명한 작가의 책들은 여러 출판사에서 겹치기 출판을 하는 경우도 비일비재했다. 『갈매기의 꿈』『어린 왕자』『데

미안』 같은 책들이 대표적이었다. 노벨문학상 수상작도 마찬가지였는데, 가을이 되어 수상작이 발표되면 출판사들은 단 몇 시간이라도 더 빨리 책을 번역해서 내놓기 위해 혈안이 되었다.

이해찬 차장은 정보를 얻는 데에도 남다른 능력이 있었다. 그는 동아일보, 조선일보 해직 기자들과 끈끈한 유대 관계를 맺고 있었다. 박정희 대통령은 자신의 장기 집권에 걸림돌이 된다고 판단한 민주 언론에 대해 대대적인 탄압을 가하던 중이었다. 1974년 12월 24일, 동아일보 기자 113명이 해직되었고 뒤이어 언론 탄압에 맞서 저항하던 다른 양심적인 기자들까지 줄줄이 쫓겨났다. 하루아침에 길거리에 나앉게 된 해직 기자들은 의식주를 해결하기 위해 출판업에 뛰어들기 시작했다. 한길사, 과학과인간사, 아침, 두레, 다섯수레 같은 인문사회과학 출판사들이 대거 등장한 것은 그런 배경에서였다. 이 출판사들은 기존의 학생운동권 출신들이 운영하던 출판사들과 함께 우리 사회의 새로운 출판 운동과 지식인 운동을 이끌었다. 정치적 상황은 극도로 나빴지만, 반대로 출판만큼은 전에 없이 새로운 물결이 몰아치고 있었던 참이었다. 그에 따라 출판사마다 좋은 번역서를 구하기에 여념이 없었다.

이해찬 차장은 동아일보 해직 기자들이 모여 차린 공동 번역실과도 긴밀한 관계를 맺고 있었다. 기자들은 정보가 빨랐다. 리처드 바커의 『환상』이 나왔다는 소식을 접하자 그들은 발 빠르게 움직였다. 한국으로 들어오는 사람 편으로 책을 받자마자 서너 사람이 나눠 밤새 번역했다. 그리하여 뒤늦게 소식을 접한 다른 출판사들이 허겁지겁 『환상』원본을 구하려고 할 때는 이미 평민사에서 펴낸 책이 서점에 쫙 깔린 뒤였다.

박완서의 『꼴찌에게 보내는 갈채』와 리처드 바크의 『환상』두 책이 베스트셀러가 되자, 부장과 나 둘만으로는 배본을 감당할 수 없었다. 사장님은 자동차를 사고 운전기사까지 고용했다. 나로서는 낑낑거리며 책을 들고 다니지 않게 되니 한결 편하고 좋았다. 하지만 이해찬 차장은 얼마 후 평민사를 떠났다. 그는 동아일보 해직 기자들과 함께 공동 번역실에서 번역 일을 시작했다.

어느 날 이해찬이 과학과인간사에서 영업할 사람을 구하는데, 다녀볼 생각이 있느냐고 내게 물었다. 그곳은 수학이나 자연과학 책을 위주로 내면서 이따금 『프라하의 가을』같은 일반 단행본도 내고 있었다. 그 무렵 나는 이해찬을 전적으로 신뢰하고 있었기에 직책이나 월급 같은 것은 생각하지 않고 회사를 옮기겠다고 대답했다.

평민사에는 개인 사정으로 그만두는 것이라고 둘러댔다. 사장님이 돈 문제라면 해결해 주겠다고 하면서 그냥 같이 있자고 해 마음이 편치 않았지만 이해찬과 약속을 했기에 그만둘 수밖에 없었다.

"자네를 위해선 평민사의 문은 늘 열려 있으니까, 오고 싶을 때는 언제든지 주저 없이 오게."

사장님이 그렇게까지 이야기하는데, 나로서는 미안하면서도 무척 고마웠다.

지금의 나는 대체 누구인가

1977년 말. 나는 과학과인간사의 영업부장이 되었다.

사장은 동아일보에서 과학부 기자를 했던 사람으로 혼자 기획과 편집, 제작까지 맡았다. 처음에는 문학과지성사 사무실에 책상 하나만 놓고 꾸려나가다가 나중에 종로2가에 작은 사무실을 얻어 독립했다. 말이 독립이지, 사장님을 제외하고는 나와 야간 상업고등학교에 다니는 여학생이 수습 경리로 있는 단출한 출판사였다. 하지만 나는 월급을 15만 원이나 받았다. 출판사에 발을 디딘 지 고작 1년여 만에 5배나 높은 월급을 받는 것이니, 나로서는 과분한 대우였다.

과학과인간사는 분야 자체가 자연과학이라 한꺼번에 책이 많이 나가기를 기대하긴 어려웠다. 그래도 나는 영업부장으로서 할 수 있는 최선의 노력을 기울였다. 한편으로 다른 영업부장들과 어울려 친목 모임도 가졌고, 자연스럽게 술도 마시기 시작했다. 서점 사장님들과 좋은 관계를 유지하는 것도 중요한 일이었다. 나는 그들을 통해 세상살이의 또 다른 면모를 조금씩 배워나갔다.

매달 지방 출장도 갔다. 한번은 다른 영업부장들과 함께 부산에 있는 도매상인 한림서원 사장님과 점심을 먹게 되었다. 워낙 이야기를 좋아하는 사장님은 자신이 서점을 하게 된 이야기를 들려주었다.

"젊었을 때는 주변 사람들이 부러워할 정도로 좋은 직장에 취직을 했네. 그런데 어려서부터 책이 좋았던 것도 병이지. 어떻게든 책하고 지내고 싶어 기어이 그 직장까지 그만두고 서점에 점원으로 들어갔어. 그렇게 한 달 정도 되었을 때, 사장님이 전깃불을 끄고 책 이름을 대면서 그 책이 어디 있는지 찾아보라고 해. 대충 어디쯤에 있는지는 알았지만, 확실치가 않아 그 책이 있겠다 싶은 쪽에서 10여 권을 빼놓았네. 불을 켜서 확인해 보니 그중에 사장님이 말한 책이 끼어 있었어. 그리고 다시 보름 정도 지났을 때 사장님이 먼젓번처럼 불을 끄고 다른 책 이름을 말하는데, 그때는 그 책이 어디에 꽂혀 있는지 정확히 알고 있었지만 어두워서 혹시 실수를 할까 봐 옆에 있는 책까지 3권을 뽑았네. 물론 3권 중에 그 책이 정확히 가운데에 있었지. 사장님은 그날로 서점 열쇠와 장부 같은 것을 일체 나한테 맡기셨어. 오늘의 나는 그렇게 해서 기반을 잡았고, 지금의 이 한림서원을 차릴 수 있었던 것이네."

이야기를 듣고 나자 작은 체구의 한림서원 사장님이 갑자기 듬직한 고목나무처럼 커 보였다.

그러는 와중에도 지하도나 육교 위에서 앵벌이를 하는 소년이나 어른들을 보면 그냥 지나치지 못했다. 내가 시커먼 연탄을 손에 묻혀서 갈취했던 통행세를 돌려주는 기분으로 그들에게 100원짜리 동전을 건네곤 했다. 그러던 어느 날, 다달이 수십만 부씩 나가는 잡지 『샘터』에서 나도 이름을 알고 있는 유명한 시인이 쓴 글을 읽었다. 대략 이런 내용이었다.

나는 지하도나 육교에서 앵벌이를 하는 사람들한테는 절대 온정을 베풀지 않는다. 돈을 주는 사람이 있기에 그들이 존재하는 것이니, 아무도 온정을 베풀지 않는다면 그 사람들이 거리에 나와 있지 않을 것이기 때문이다.

내 마음속에는 작은 갈등이 생겼다. 내가 보내는 작은 온정이 그들을 앵벌이로 내모는 행위라는 생각과, 그래도 당장 굶고 있는 저들을 외면해서는 안 된다는 생각이 충돌했다. 그때부터는 그냥 지나치면 그냥 지나치는 대로, 주면 주는 대로 마음이 불편했다.

종각역에서 사무실로 가는 계단에 10살 남짓 되어 보이는 소년이 앵벌이를 하고 있었다. 다시 심한 갈등을 느끼며 그쪽을 향해 갔다. 바삐 오가는 사람들은 아무도 소년을 거들떠보지 않았다. 그런데 아주 초라해 보이는 한 할머니가 100원짜리 동전을 꺼내 소년의 손에, 그것도 허리를 숙여 조심스럽게 건네주고 가는 모습을 보았다. 나는 몽둥이로 세게 한 대 얻어맞은 듯한 기분이었다.

지금의 나는 대체 누구인가.

나는 그 소년과 다른 사람이란 말인가.

시인의 글에는 "아무도 온정을 베풀지 않는다면"이라는, 성립될 수 없는 단서가 붙어 있었다. 그건 자신이 베풀고 싶지 않은 마음을 합리화시키기 위해 쓴 글에 불과했다. 그는 자기가 아무리 그런 글을 써도 초라한 할머니가 불쌍한 앵벌이 소년에게 동전을 건네는 행위마저 막을 수 없다는 사실을 몰랐고, 그걸 믿고 싶지도 않았을 것이다. 그는 또 적선을 하면 게을러져서 일은 안 하고 자꾸 거리로 나오게 된다고, 그러니까 그 애들이 마음을 바로잡고 일을 하도록 만

들려면 동냥을 절대 주어서는 안 된다고 생각하는지도 몰랐다. 하지만 그것 역시 지금 당장 배를 주리는 아이들을 보고도 외면하는 자신을 합리화하려는 논리에 불과했다. 더군다나 다른 사람들은 몰라도, 앵벌이로 세상살이를 시작하고 바로 얼마 전까지만 해도 그런 사람들과 크게 다르지 않은 생활을 하던 내가 그따위 글 같지도 않은 글에 결코 농락당해서는 안 되는 것이었다. 그때서야 나는 비로소 펜이 총칼보다 더 무서울 수 있다는 사실을 깨달았다.

사무실에 비가 샜다. 종이 박스를 바닥에 깔고 그 위에 책을 쌓아놓았기 때문에 빗물이 스며들면 큰 낭패였다. 다행히 일찍 발견하면 나름대로 대비할 수 있었지만, 그래도 비가 너무 많이 오면 사무실에 흥건히 스며들곤 했다. 그때마다 쓰레받기로 빗물을 퍼서 플라스틱 통에 버렸다. 비가 많이 올 것 같으면 퇴근을 하지 않고 아예 사무실 소파에 누워 잠을 자다 깨다 하면서 빗물을 치웠다.

어느 날, 잠을 자다가 놀란 토끼마냥 자리에서 벌떡 일어났다. 모든 신경을 귀에 집중해 비가 오는지를 확인했다. 하지만 내가 깬 곳은 우리 사무실이 아니었다. 이때는 이해찬이 신림동 사거리 쪽에 광장서점을 낸 지 얼마 되지 않았을 때라, 회사 일을 일찍 끝내고 가서 서점 일을 거들어주곤 했다. 직원 없이 혼자 서점 일을 했기 때문에 내가 가서 도와줘야 다른 일을 볼 수 있기 때문이었다. 늦은 시간까지 서점을 지키다가 문을 닫을 때도 많았다. 그럴 때면 버스를 갈아타고 사직동 하숙집까지 가는 것이 힘들어, 서점 안 골방에서 책을 끼고 자기도 했다. 골방에는 창문 자체가 없어 비가 오는지 확인하려고 해도 확인할 길이 없었다. 한번은 뒷문으로 나가 확인을 해보니 비가 쏟아지려고 시커먼 먹구름이 하늘에 몰리는 중이었다. 아니나 다를까 조금 뒤에 소나기가 쏟아지기 시작했다. 그때부터 통행금지 해제 시각이 될 때까지 좁디좁은 골방에서 안절부절못하며 초조하게 기다릴 수밖에 없었다. 시곗바늘이 4시에 다다르기 무섭게 밖으로 뛰쳐나가 택시를 타고 사무실에 도착해서 다행히 빗물을 치울 수 있었다. 나중에 알고 보니 건물 옥상에서 물이 내려오는 하수구에 누군가가 장난으로 집어넣은 돌 때문에 배수관로가 막혀 물이 건물 안으로 스며드는 것이었다. 하지만 문제를 근본적으로 해결하기 전까지는 신기하게 깊은 잠을 자다가도 비가 오려고만 하면 벌떡 깨어났다.

평상시엔 잠이 들면 버스가 아무리 빵빵거려도 단 한 번도 깬 일이 없었다. 이런 내가 깊은 잠을 자다가 어떻게 비가 오려는 것을 느끼고서 깨어나는 건지 알 도리가 없었다. 예전의 습관이 여전히 남아 있거나 생각이 짧은 내가 다른 사람들한테 피해를 줄 수도 있다는 걱정에 몸과 마음이 지레 대비하기 때문이 아닌가 싶기도 했다.

나는 세상에 대해 좀 더 공부하기로 마음먹었다. 그때 당시에 신문은 거의 읽지 않았다. 어린이 잡지에 실린 스포츠 만화와 역사 만화만 부지런히 찾아 읽었다. 우리 출판사 책을 주로 보았고, 다른 출판사 책 중에서는 에세이와 베스트셀러 소설에만 어쩌다 손에 대는 정도였다.

서당 개도 3년이면 풍월을 읊는다고, 출판계에 들어온 지 3년째인 1979년 여름이 되자 내 눈에도 어느새 최인훈의 『광장』, 황석영의 『객지』, 조세희의 『난장이가 쏘아올린 작은 공』, 이청준의 『당신들의 천국』, 윤흥길의 『아홉 켤레의 구두로 남은 사내』 같은 소설책들이 눈에 들어오기 시작했다. 이 책들은 출간된 지 꽤 시간이 흘렀고 광고도 하지 않는데, 왜 입에서 입으로 소문이 나면서 꾸준히 나갈까 하는 호기심 때문에 사서 읽기 시작했다. 읽고 나니 이런 책들에는 우리 사회의 구조적인 문제점들을 신랄하게 파헤치고 있다는 공통점이 있었다. 책으로 인해 나라는 한 인간이 바뀌었기 때문에 책에 대한 애착이 기본적으로 굉장히 크기도 했지만, 무엇보다 그 책들을 통해 인문사회 쪽에 관심을 갖게 됐다. 좋은 책을 내면 사회라는 흐린 물을 맑게 만들 수 있겠다는 생각이 들었다.

　사회에 해를 끼치는 인간쓰레기들은 나처럼 교도소를 자기 집처럼 들락거리는 이들뿐인 줄 알았다. 그중에서도 내가 제일 나쁜 인간이라고 생각했다. 그래서 나 같은 놈이 평범한 인간으로 변신하면 이 사회의 물이 조금은 맑아지는 줄로만 알고 죽기 살기로 발버둥 쳤던 것이다. 하지만 사람들을 노예나 머슴처럼 다루고 부려먹는 또 다른 이들이, 실은 부모의 사랑도 받고 교육도 정상적으로 받은 사람들이라는 사실에 엄청난 충격을 받았다.

　사회의 이러한 구조적인 모순을 진즉 알았다면 애써 그 고생을 하지 않았을 것이다. 적당히 마음을 잡는 시늉만 내면서, 잔머리를 굴려 쉽게 도둑질한 돈으로 편히 살 수 있었을지도 몰랐다. 갑자기 허망해졌다. 한 인간이 되기 위해 지금까지 애쓴 나의 모든 노력이 부질없는 짓이었다는 생각이 들었다. 그러자 내가 우리 사회에 피해를 주지 않고 떳떳하게 숨을 쉬고 살아가는 보람과 긍지마저 사라졌다.

　그동안 대한민국 최고의 지식인이라고 여겨 내가 존경하고 있던 이어령 교수에 대한 배신감도 들었다. 그의 책에서 우리 사회 상류층이나 기득권층에 구조적인 문제가 있다고 쓴 글을 본 적은 없었다. 물론 부자나 권력자들이 나쁜 짓도 하고 때로 문제도 일으킨다고 말했지만, 그건 대개 한두 사람의 잘못이나 실수라는 식이었다. 그래서 그들이 반성하고 마음을 고쳐먹으면 우리 사회가 훨씬 더 아름다워질 것이라고 강조했다. 그가 사회의 근본적인 악이 무엇인지, 또 그것을 해결하려면 어떤 노력이 필요한지 좀 더 정확히 알려줬더라면 충격이 덜했을 것이다. 그때의 실망이 컸기 때문이었을까. 이후로는 그의 책 근처에도 가지 않았다.

이 사회의 담장은 나 혼자 잘해서 되는 개인의 문제가 아니었다. 담장 자체가 아예 보이지가 않는다는 사실이 나를 더 큰 절망에 빠뜨렸다.

전태일을 만나다

1979년의 여름날, 일과를 정리하고 탁자 위 신문을 들었다가 깜짝 놀랐다.

경찰이 마포에 있는 신민당사 4층에서 농성 중이던 YH무역 여공들을 강제로 진압했다는 기사였다. YH무역은 당시 우리나라 최대의 가발 수출 업체로, 사업주의 무리한 사업 확장으로 인해 경영이 어려워지자 무작정 공장을 폐업하려고 해서 문제가 발생했다. YH무역 여공들은 회사 폐업을 막아달라고 정부와 사업주에게 간절히 호소했지만 소용이 없었다. 그러자 최후의 수단으로 당시 제1야당이던 신민당 당사에 들어가 농성을 하며 세간의 이목을 끌었는데, 8월 9일 아침 강제로 진압을 당했던 것이다. 신문에는 농성하던 여공들이 전경들에게 팔다리를 들린 채 강제로 끌려 내려오는 사진이 커다랗게 실려 있었다. 나는 4층에서 떨어져 죽었다는 21살 김경숙 양의 앳된 얼굴을 발견했다.

그녀와 나는 아무런 관련과 인연이 없었지만, 힘없는 청춘이 몽우리를 채 피워보기도 전에 꺾였다는 생각에 창자가 끊어지는 것 같은 고통을 느꼈다. 엉엉 소리까지 내며 울부짖었다. 모든 게 박정희 대통령의 책임이었다. 그는 자신의 장기 집권에 조금이라도 방해가 된다면 누구든 가만두지 않았다. 종교인과 언론인, 학생들은 물론이고 이제는 노동자들까지 그 기막힌 집권욕의 희생양으로 삼은 것이었다. 좀처럼 울음이 멈추지 않았다. 얼마나 시간이 흘렀을까. 서서히 흐느낌이 잦아들면서 단전에서 뜨거운 기운이 꿈틀거리더니 배 위쪽으로 치솟아 오르는 것을 느꼈다. 그와 동시에, 이 시간 이후로 내가 숨 쉬고 살아가는 것과 밥 먹고 똥 싸는 모든 행위는 오직 그 박정희의 장기 집권에 조금이라도 해를 끼치기 위한 것이 되게끔 하리라고 다짐했다.

얼마 전까지만 해도 나는 대통령은 나라의 아버지고 영부인은 나라의 어머니라고 생각했다. 그래서 설사 문제가 있더라도 열 손가락 깨물어 안 아픈 손가락 없다는 말처럼 박정희 대통령은 모든 국민을 자식처럼 아끼고 사랑하지만 나라의 장래를 위해, 그리고 대를 위해 불가피하게 소를 희생시키는 것이라고 생각했다. 그런 내가 『광장』『객지』『아

홉 켤레의 구두로 남은 사내』같은 소설들을 읽고 난 뒤부
터는 스스로도 놀랄 만큼 변해 있었다. 박정희 대통령이야
말로 대한민국이 민주사회로 나아가는 길을 가로막는 가장
큰 걸림돌이라고 생각했다.

　나는 다시 정신없이 일에 매달렸다. 가을이 벌써 깊었다
는 사실도 깜빡 잊을 때가 많았다.
　"출판사 총각, 출판사 총각. 일어나 봐. 대통령이 죽었대."
　잠에서 덜 깬 상태로 담배에 불부터 붙였다. 수돗가에 있
던 하숙집 아주머니가 거듭 말했다.
　"대통령이 죽었다니까."
　"아줌마, 식전부터 농담이 지나치신 거 아니에요?"
　나는 방문을 열고 따지듯 물었다.
　"내가 어떻게 대통령을 가지고 농담을 해? 지금 라디오
에서 박정희 대통령이 서거했다고 장송곡이 나오면서 아나
운서가 이야기하고 있잖아. 가만히 들어봐."
　그제야 라디오 소리에 귀를 기울였다. 장엄한 장송곡을
배경으로 아나운서의 침울한 목소리가 흘러나왔다. 순간
내 몸에 있던 모든 기운이 한꺼번에 쑤욱 빠져나갔다. 앞으
로는 무엇을 목표로 삼고 살아가나 하는 생각이 먼저 들었

지만, 이제는 세상이 좀 나아지겠거니 하는 생각도 들었다.

하지만 그건 무지한 나의 착각이자 순진한 바람일 뿐이었다.

사무실에 종종 들르는 사장님의 동료인 동아일보 해직 기자들의 표정은 하나같이 어두웠다. 세상이 좋아지는 방향으로 가는 것이 아니었다. 그들의 대화 속에는 신군부, 하나회, 계엄령, 이원집정부제 같은 낯선 단어들과 전두환, 노태우, 유학성, 쓰리 허(허화평, 허삼수, 허문도), 장세동 같은 이름들이 등장했다. 그런 대화를 듣다 보니 자꾸 비관적으로 생각하게 되었다. 혼돈의 시대를 살아가면서 편하게 영업부장 노릇이나 해도 되는 것일까 하는 양심이 나를 괴롭히기 시작했다. 나는 회사를 그만두고 노동 현장에 가서 사회에 작은 보탬이라도 될 수 있는 일을 찾아보기로 했다. 일이라고는 별로 해보지도 않은 내가 공장에 가기로 마음을 먹은 데에는, 이처럼 그동안 사회에서 만난 사람들의 영향이 컸다.

태두출판사가 문을 닫을 무렵, 노동사전을 준비 중이던 정 형의 선배를 종로 2가에서 우연히 만났다. 형은 무척 반가워하면서 자신이 일하고 있다는 종로 2가 코아빌딩 보일러실로 나를 데려갔다. 그의 표정은 무척 밝아 보였다. 나는 좋은 대학을 다녔으면서도 왜 이런 힘든 일을 자청해서 할까 싶었지만, 자기 일에 자부심을 갖고 있는 선배를 보면 부럽기도 했다.

그 후 나는 퇴근길에 가끔 그 선배를 보러 갔다. 어느 날 선배는 드럼통에 따뜻한 물을 받아놓고 들어가 목욕을 하면서 콧노래를 흥얼거리다가 내가 가자 반가워하며 말했다.

"물을 새로 받아줄 테니까 목욕할래? 물이 따뜻한 게 아주 좋아."

나는 사양했다. 선배는 목욕을 하고 나서 라면을 끓여줬는데, 김치는 둘째치고 반찬 자체가 아예 없었다. 김치 없는 라면을 상상할 수 없어서 물었다.

"김치는요?"

"나도 처음에는 김치를 싸 왔는데, 알고 보니 김치를 나만 싸 오고 다른 사람들이 안 싸 오더라고. 김칫값, 그게 만만치가 않아서 그런 거였어. 그렇다고 혼자 먹을 수도 없어서 나도 그냥 라면만 먹기로 한 거야. 먹다 보니 뭐 먹을 만하더라고."

김치 없는 라면을 억지로 먹었다. 마음만 먹으면 좋고 편한 직장으로 얼마든지 갈 수 있는 사람이, 스스로 노동자의 길을 택해 드럼통에서 목욕을 하고 반찬도 없는 라면을 먹으면서도 만족해하는 모습에 가슴이 뭉클할 정도로 큰 감동을 받았다. 나는 그런 사람들을 만나면서 세상을 새롭게 깨쳐가고 있었던 것이다.

1979년에는 정 형이 세종문화회관 뒤쪽에 10여 평 정도의 작은 가게를 얻어 민중문화사라는 인문사회과학 전문 서점을 냈다. 처음에는 내가 전문 출판사들과의 거래를 주선해 줬지만, 형은 자전거에 점심과 저녁 도시락을 다 싸 가지고 다닐 정도로 원체 부지런해 내 도움이 크게 필요하지 않았다. 하지만 서점의 위치가 위치인지라 오가며 종종 들렀다. 퇴근해서는 하숙집에 가기 전 늦게까지 있으면서 일을 거들어주기도 했다. 큰 힘이 되는 것은 아니었고, 오히려 내 공부만 하는 날이 더 많았다. 그때 나는 꽤 많은 책을 읽었다. 특히 인문서 중에서도 대중적인 『나를 운디드니에 묻어주오』『드레퓌스』『아무도 미워하지 않는 자의 죽음』『해방전후사의 인식』『소유나 삶이냐』 같은 책들을 긴 나무 의자에 앉아서 읽고 들어갈 때가 많았다. 나 말고도 늘 색 바랜 옷을 입고 다니는 형의 후배 역시 올 때마다 책을 사지는 않고 보다만 가곤 했다.

"야. 넌 비싼 과외를 두세 탕씩 뛴다면서, 책도 좀 사야 할 거 아냐. 이왕 말이 나왔으니 말이지만 세상 돌아가는 일에도 관심도 좀 더 갖고 말이야."

정 형이 섭섭했는지 나무라는 투로 한마디하자, 그 후배가 얼굴을 붉히면서 대답했다.

"형은 겨울 아침에 일어나면 방 안에 있는 걸레가 꽁꽁 얼어붙어 있는 방에서 자본 적 있어? 난 지금도 그런 방에서 엄마와 동생들과 같이 자. 나도 다른 사람들처럼 책도 사서 보고, 다른 사람들처럼 이 사회를 위해 뭔가 보람된 일을 해보고 싶어, 형. 하지만 지금은 어머니와 동생들을 돌보는 것이 더 중요한 일이라고 생각해."

후배의 말에 형이 오히려 당황해하며 말했다.

"내가 한 말에 부담 갖지 말고, 지금처럼 자주 들러서 보고 싶은 책 맘껏 보고 가라."

새삼 그 친구가 어느 사람들보다 커 보였다.

정 형은 어느 날 유인물을 배포하다가 징역을 살고 나온 창호라는 후배가 하숙을 구한다며 나를 소개해 주었다. 그때부터 그와 한방에서 지내게 되었다. 어느 정도 친해지자 둘이서 왕대폿집에서 함께 술을 마시며 속을 털어놓았다.

"형, 내가 서울대 철학과에 어떻게 들어간 줄 알아? 우리 집안은 똥구멍이 찢어지게 가난해. 난 등록금 때문에 대학 갈 생각 자체를 못했어. 그래서 어차피 못 갈 거, 원이나 없게 시험이나 한번 쳐보자고 시험을 쳤는데 이게 붙어버린 거라. 난 어차피 등록금 마련할 형편이 되지를 않아 포기하고 있었는데, 내가 다닌 고등학교에서 오히려 난리가 난 거야. 개교 이래 서울대학교에 합격한 학생이 내가 처음이었거든. 학교의 명예와 관계가 있는 거라며 교장과 선생님들이 십시일반 돈을 모아 일단 등록금은 내줄 테니까 학교를 다니라고 했어. 그 바람에 그 추운 계절에 양말도 없이 고무신을 신고 서울대학교를 다니게 되었는데, 어디 잘 데나 있나? 시골 출신 아이들 하숙방이나 자취방에 꼽사리를 끼어 자면서, 저녁 술자리에 끼어 막걸리와 안주로 배를 채우며 학교를 다녔어. 다른 것은 다 견딜 수 있었는데 배고픈 것만큼은 도저히 견딜 수가 없어서 이판사판으로 담임 교수를 찾아가 형편을 이야기하며 도와달라고 애걸했지. 다행히 학교 도서관 아르바이트를 주선해 줘서 학교를 계속 다닐 수 있었어. 그러다가 3학년 때 도서관에서 친구를 사귀었는데, 그 친구가 박형규 목사님이 계시는 제일교회에 다니는 운동권이더라고. 근데 난 내가 학교를 졸업해 집안을 일으켜 세워주기만을 바라고 있는 식구들을 생각해 반정부 활동은 하지 않았어. 다만 그 친구를 따라 야학에 가서 노동자 아이들을 가르쳤는데, 이때 전태일이라는 평화시장 재단사를 알게 되었지. 전태일은 햇빛도 들어오지 않고 허리도 제대로 펼 수 없는 열악한 다락방에서 하루 종일 먼지를 뒤집어쓰고 일했더라고. 새벽같이 출근해 밤 10시~11시까지 죽어라 일만 해도 쥐꼬리만 한 저임금에 시달리는 어린 '시다'들이 점심도 굶는 게 안타까워, 제 버스비로 빵을 사주고 자신은 쌍문동까지 번번이 걸어갔다는 거야. 가다가 통행금지에 걸려 파출소 의자에서 잠을 자고 출근한 적도 있대. 그러다가 평화시장의 열악한 작업 환경을 개선해 보려고 바보회라는 단체를 만들었어. 하지만 노동청과 서울시청, 하다못해 청와대의 박정희 대통령한테까지 탄원서를 쓰면서까지 나름대로 애를 써봐도 도무지 개선할 방법이 없자, 마침내 결심을 해. 지키지도 않는, 있으나 마나 한 노동법을 화형시키자고 말이야. 그래서 자신의 몸에 기름을 붓고 노동법 책을 끌어안은 채 온몸이 화염에 휩싸인 상태에서 친구들에게 이렇게 외쳤다는 거야."

창호는 전태일 열사가 했다는 그 말, "내 죽음을 헛되이 하지 말라!"를 말할 때 사뭇 비장한 표정을 지었다. 그러면서 덧붙이기를, 전태일이 평소 노동법이 한문으로 되어 있기도 하고 문장 해석도 어려워 "대학생 친구가 하나 있었으면 좋겠다"고 했다는 사실도 전해주었다. 창호는 그 이야기를 듣고 도저히 가만히 있을 수가 없어 결국 4학년 때 반정부 유인물을 배포하다가 징역 10개월을 살고 나온 것이라고 했다. 자신은 대학 4년 동안 배운 것보다 징역 10개월을 살면서 깨우친 것이 더 많아서, 저지른 일에 대해 후회는 하지 않는다고 했다.

나는 그렇게 '전태일'이라는 이름을 처음 들었다.

전태일은 1970년 11월 13일에 분신했다. 그때 나도 그 평화시장에 있었고, 나름대로 마음을 잡으려고 애를 쓰고 있을 때였다. 어쩌면 전태일이라는 그 친구를 봤을 수도 있겠다는 생각도 들었다. 그러자 왠지 그에게 친근감이 가는 한편, 그가 남을 위해 스스로 귀한 목숨을 끊는 동안 나는 무엇을 했는지에 대한 부끄러움도 느껴졌다.

고생을 많이 했겠네요

　과학과인간사를 그만둘 수 있었던 것은 내 밑에서 영업을 함께해 온 젊은 친구가 6개월 정도 경력을 쌓은 뒤였다. 이 무렵 큰 출판사의 영업부장 두 사람이 찾아와 제의를 했다.

　"월급은 원하는 대로 줄 테니까, 다른 출판사로 옮겨볼 생각이 없습니까?"

　"왜 저한테 이런 제의를 하십니까?"

　나는 너무 뜻밖의 일이라 되물었다.

　"출판을 야심차게 해보려고 서울에 있는 대형서점과 도매상, 지방 대형서점을 상대로 영업부장들에 관해 설문 조사를 했더니 당신이 압도적인 1위로 나왔다고 합니다."

　작은 출판사에서 영업을 한 지 겨우 2년 정도밖에 지나지 않은 나 같은 놈이 능력을 인정받았다는 말이 믿기지 않았다. 그렇지만 어쨌거나 출판사를 떠나기로 마음먹은 뒤라 두 번 생각하지 않고 거절했다.

그리고 1980년 1월 말 과학과인간사를 그만두었다. 세상은 격변의 소용돌이에 휩쓸리는 중이었다. 박정희 대통령이 김재규 정보부장의 손에 죽은 지 벌써 몇 개월이 지났지만, 정국은 당장 내일 무슨 일이 생길지 알 수 없는 안갯속을 헤매고 있었다. 가장 강력한 힘은 보안사령관 전두환이 쥐고 있었다. 그는 대통령 시해 사건을 조사한다는 권한을 이용해 12·12 군사 반란을 일으켜, 자신의 앞길을 방해하는 상급자들을 모조리 숙청했다. 신군부는 유신 헌법을 철폐하고 통일주체국민회의를 통한 대통령 간선제를 폐지하라는 민주화 운동 세력의 요구도 철저히 거부했다. 명동 YWCA 회관에서 결혼식을 위장해 개최하려 했던 민주화 촉구 대회도 무자비하게 짓밟았다.

나는 공장에 취직하는 문제를 상의하기 위해 서소문에 있는 돌베개 출판사로 이해찬을 찾아갔다. 이해찬이 공동 번역실에서 일하던 시절 사직동 하숙집에서 10개월 동안 한방에서 같이 생활했고, 광장서점을 차렸을 땐 골방에서 자면서까지 가까이 지내본 결과 그가 나에게 가장 적합한 상담자라고 판단했기에 만나러 간 거였다.

이해찬은 반색을 하면서 말했다.

"공장은 나중에 가고, 나 좀 도와주라. 출판사가 당장 망하게 생겼다."

그는 구세주라도 온 것처럼 매달렸다. 돌베개는 이해찬과 작가 황석영, 이해찬의 친구 최권행, 그리고 최권행의 매형 이렇게 네 사람이 뜻을 모아 각자 300만 원씩 출자해 차린 한마당 출판사가 모태였다. 그것이 1978년 가을경이었다. 하지만 곧 문제가 터졌다. 남민전(남조선민족해방전선위원회) 사건에 연루된 김남주 시인과 최권행이 절친한 사이라 안기부에서 최권행을 찾아와 닦달한 것이었다. 최권행이 협조를 완강히 거부하자 이번에는 한마당에서 낸 저항시인 문병란의 시집 『죽순밭에서』를 꼬투리로 음란물 혐의가 있다며 출판사 등록을 취소시켰다. 그 바람에 1979년 8월, 다른 사람의 이름을 빌려 돌베개라는 이름으로 출판사를 새로 내고 모든 것을 다시 시작하게 되었다.

그러나 이번에는 다른 문제들이 생겼다. 우선 황석영 씨가 광주에 소극장을 짓다가 자금이 부족해 돌베개에 출자했던 300만 원을 뺐다. 영업을 맡고 있던 최권행의 매형은 시골 개척교회 목사 자리가 나자 훌쩍 떠나버렸다. 그 바람에 영업은 고사하고, 배본 일을 하던 친구가 겨우 수금만 해오던 상황이었다. 그런데 이 친구마저 4월에 군대를 가게 되어 영업할 사람이 절실하던 차에 때마침 내가 나타났으니, 마치 돌베개 영업부장을 하고 싶어 일부러 찾아간 꼴이 되었다.

나로서는 어렵게 내린 결정을 쉽게 포기할 수 없었다. 하지만 출판사 사정이 정말 막막했다. 종로서적, 동화서적, 양우당, 중앙전시관 같은 대형서점과 도매상 장부들을 대충 훑어보니 재주문이 거의 없었다. 이런 식으로 가다가는 얼마 버티지 못할 게 불 보듯 뻔했다. 그게 마음에 걸렸다.

내가 이러지도 저러지도 못하고 괴로워하자 이해찬이 말했다.

"지금 『월간중앙』에 황석영 씨의 『어둠의 자식들』이 인기리에 연재되고 있는데, 그 책을 5월에 돌베개에서 내기로 했어. 그 책이 베스트셀러가 되어 출판사가 안정되면 그때는 내가 공장 취직도 알아봐 주고 한 달에 얼마씩 돈도 지원해 줄 테니까, 그때까지 영업을 하는 것으로 하지."

결국 나는 그의 제안을 받아들였다.

돌베개는 몇 권의 번역서를 펴내고 있던 상태였다. 하지만 막상 현장에 가보면 어느 구석에 처박혀 있는지 잘 보이지도 않았다. 나는 우선 대형서점의 인문 파트와 대학교 구내 서점, 대학가 주변 서점에 가서 『변증법적 상상력』『새로운 사회학』『학교는 죽었다』『경제사관의 제문제』『공동체의 기초이론』『프란츠 파농』같은 책들을 눈에 잘 보이는 명당 자리에 깔아놓는 일부터 시작했다. 또한『지식인을 위한 변명』『꿈꾸는 자여 노래하라』처럼 그나마 대중성 있는 책들을 종로와 광화문의 대형서점들과 명동, 퇴계로 서점들에 집중적으로 깔아놓았다. 그러자 이내 주문이 들어왔다. 무엇보다 고무적인 일은, 좀 나갈 것으로 예상하고 5000부나 찍은 프랑스 철학자 장 폴 사르트르의『지식인을 위한 변명』이 창고에서 잠만 자고 있었는데 갑자기 여기저기서 재주문이 들어오기 시작한 것이었다. 이해찬과 최권행은 나의 영업 능력을 새삼 놀라워했다.

그 무렵 결혼한 지 얼마 되지 않았던 이해찬은 나에게 신림동 신혼집에서 같이 지내자고 제안했다. 나는 부담스러워 거절했는데 이해찬은 특유의 밀어붙이는 힘으로 나를 설득했다.

"비어 있는 방도 하나 있고, 밥 먹을 때 숟가락 하나만 더 놓으면 되는데 왜 비싼 하숙비를 주면서 하숙 생활을 해? 같이 있으면 되는데 말이야."

나는 하는 수 없이 그의 신혼집에 끌려 들어갔다.

2월 말, 월급봉투를 받아 보니 30만 원이 들어 있었다. 과

학과인간사를 그만둘 때 20만 원을 받았던 나로서는 이해
찬이 나를 공장에 보내줄 의향이 없는 것은 아닐까 하는 의
문이 들 수밖에 없었다. 나는 10만 원을 경리에게 돌려줬다.

　하루는 수금을 위해 인천의 한 서점을 찾았다가 어떤 여
성 두 명이 인문사회 분야 앞에서 책을 고르고 있는 것을 보
았다. 근처 동일방직에서 일하는 노동자들인 듯싶었다. 그
중 한 명이 노동에 관련된 1000원짜리 책을 사서 나가는 것
을 보곤, 저런 사람이라면 내가 살아온 삶을 이해해 줄 수 있
을 것 같다는 생각이 문득 들었다. 그때 나는 그녀가 사 간
석정남의 『공장의 불빛』이라는 책을 알고 있었다. 일반인이
라면 나의 삶을 이해할 수 없겠지만 그런 책을 쓰는 석정남
같은 사람이라면, 또 그런 글을 읽는 사람이라면 이해받을
수 있을 것 같다고 처음으로 생각하게 된 책이었다. 1979년
에서 1980년 즈음이었다. 지인의 소개로 한식집에서 한 여
성을 만나게 되었는데, 바로 그때 서점에서 책을 사던 이였
다. 그녀는 훗날 나의 아내가 되었다.

　몇 번의 만남을 이어가던 차에 월미도 바닷가에서 산책
을 하던 어느 날이었다. 실은 내가 고아라는 사실을 털어놓
았다. 그런데 그녀는 별로 놀라지 않았다. "고생을 많이 했

겠네요"라는 한마디를 건넬 뿐이었다. 그래, 하고 대답하곤 소년원도 갔다 왔다고 슬쩍 덧붙이자 눈물을 흘리기 시작하는 거였다. 정말로 고생했다는 게 와닿아서 가슴이 아팠다고 했다. 나의 이야기에 가슴 아파하며 눈물 흘릴 줄 아는 사람, 내가 만나고 싶었던 그런 사람과 마침내 결혼을 하여 아들딸 하나씩을 낳고 평생의 인연을 이어가고 있다.

버림받은 샌들과 구두 수백 켤레

서소문 사무실로 가기 위해 시청역에서 내려 덕수궁 쪽으로 나오자, 봄비가 부슬부슬 내리고 있었다. 시청 쪽 차도에 학생들 1000여 명이 봄비를 고스란히 맞으며 앉아 있었다. 그들은 주먹을 불끈 치켜든 한 학생의 선창에 따라 일제히 구호를 외쳤다.

"전두환은 퇴진하라!"

"비상계엄 해제하라!"

"이원집정부제 음모를 철회하라!"

전경들 100여 명이 최루탄 총을 든 채 두 줄로 서서 차도를 가로막고 있었다.

학생들은 쉬지 않고 구호를 외쳤다. 대부분의 행인들은 물끄러미 바라보기만 하다가 발길을 옮겼다. 그래도 덕수궁 입구에는 꽤 많은 시민들이 모여 시위를 지켜보고 있었다. 나도 그 속에 끼어, 내리는 부슬비를 맞으며 처량하게 앉아 데모하는 학생들을 안타까운 심정으로 바라보았다. 근처 횡단보도에서는 우산을 든 경찰 간부가 무전기를 들고 진두지휘를 하고 있었다. 사복형사 한 명이 덕수궁 정문에서 구경하고 있는 우리 쪽을 손가락으로 가리키며, 험상궂은 표정으로 무어라고 호령했다. 사람들은 똥이라도 밟은 얼굴로 슬금슬금 흩어지기 시작했다. 나는 자존심이 상해 오히려 완장을 찬 기자들 곁으로 발길을 돌렸다.

여학생들의 옷차림은 평소 서울대나 연고대, 성대 같은 대학교 근처에서 종종 보던, 마스크를 쓰고 청바지와 운동화로 무장한 시위대 여학생들의 모습과는 거리가 멀었다. 시청 앞 여학생들은 봄나들이라도 나온 것처럼 얇은 블라우스에 샌들이나 구두를 신은 차림으로 부들부들 떨고 있었다. 그 모습을 보자, 캠퍼스에서 낭만을 즐기며 공부해야 할 학생들이 총칼을 앞세워 나라를 집어삼키려는 정치 군바리들 때문에 생고생을 하고 있다는 생각에 분노가 치밀어 올랐다. 조금 있으려니 몇백 명의 학생들이 조선호텔 쪽에서 몰려오기 시작했다. 두려움에 떨고 있던 학생들은 일제히 일어나 "와!" 하고 함성을 지르며 동료들을 맞이했다.

그러나 거의 동시에 전경들이 학생들이 있는 쪽을 향해

최루탄을 발사했다. 놀란 학생들이 사방으로 흩어져 뛰었다. 하얀 연기를 내뿜는 최루탄은 도망치는 학생들을 지그재그로 쫓아가면서 괴롭혔다. 자리를 뒤덮었던 자욱한 최루탄 연기가 사라지자, 아스팔트 위에는 버림받은 샌들과 구두 수백 켤레가 아무렇게나 나뒹굴고 있었다.

착잡한 심정으로 다시 사무실 쪽을 향해 걸음을 옮겼다. 그때 길 건너편 중앙일보 쪽에서 다부지게 생긴 형사가 한 학생의 팔을 잡아서 뒤로 비튼 채 차도를 건너오는 것이 보였다. 학생은 고통에 겨워 몸을 뒤로 한껏 젖히고 배를 활시위처럼 내민 채, 간신히 걸음을 떼고 있었다. 전에 도둑질하다 잡혀 끌려가던 때가 절로 떠올랐다. 나는 아무런 도움도 줄 수 없었다. 학생의 얼굴에는 주먹에 얻어맞은 흔적이 역력했다. 입은 옷에도 여기저기 피가 묻어 있었다. 어깻죽지가 찢어진 옷을 입고 가쁜 숨을 쉬며 걷는 그 학생을 향해, 고릴라처럼 체격이 큰 전경이 주먹을 내지르려고 했다.

순간 나도 모르게 차도로 뛰어들며 그 전경에게 소리쳤다. "야, 이 개자식아! 왜 때려, 이 개자식아!"

전경의 주먹이 일순 멈췄다. 그러더니 휙 몸을 돌려 잡아먹을 듯이 나를 째려보았다. 그 험악함에 그만 기가 꺾이고 말았다. 하늘을 찌르던 예전의 기세는 사라지고 없었다. 겁

먹은 나의 표정을 본 전경은 늑대가 오갈 데 없는 토끼를 쳐다보듯, '너 잘 걸렸다' 하는 표정으로 씩씩거리며 다가왔다. 기세에 짓눌린 나의 몸은 경직되어 저항할 의지도, 그렇다고 도망칠 용기도 없이 그저 멍하니 서 있을 뿐이었다.

다행히 주변 사람들의 도움으로 나는 무사히 그곳을 빠져나왔다. 하지만 용기마저 다 잃어버린 건 아닌가 싶어 마음이 착잡했다.

예상대로 사무실은 썰렁했다. 이해찬, 최권행, 그리고 나보다 몇 달 먼저 들어온 편집부장 박승옥은 사무실에 없었다. 신군부가 하는 짓이 심상치 않자 다들 진작 잠수를 탄 상태였다. 이해찬과 박승옥은 대통령 긴급 조치로 제적되었다가 복학했지만, 공부는 할 수 없는 상황이었다. 특히 이해찬은 복학생협의회 의장을 맡았기에 이것저것 신경 써야 할 일이 무척 많았다. 사무실을 같이 사용하면서 노동관계 책 서너 권을 펴낸 도서출판 풀무 대표 원혜영 씨도 마찬가지 신세였다.

나와 경리 둘이서만 사무실을 지킨 지 벌써 며칠째였다. 경리 사원은 퇴근 시간이 지나도 퇴근을 못 하고 있다가 내가 들어가자 가방을 챙기며 일어났다. 그녀가 사무실 문을 열고 나가는 모습을 보고 의자에 막 앉으려던 순간, 부슬비를 맞으며 떨고 있던 여학생들의 모습과 주인에게 버림받아 거리에 뒹굴던 신발들, 그리고 분수대 쪽에 쓰러져 있던 한 여학생의 모습이 머릿속에 한 덩어리로 겹쳐 떠올랐다. 사실 이날 내린 비는 비도 아니었다. 어린 시절, 길거리에서 난장을 꾸릴 때 이 정도 비가 오면 옷으로 얼굴을 덮고 다시 태연하게 다시 잠을 청하곤 했다. 그런데 이날, 나는 그 정도의 비에도 생쥐처럼 벌벌 떨던 학생들 모습에 좀처럼 진정이 되지 않고 있었다. 어느 순간에는 다시 가슴이 미어지면서 서러움이 북받쳐 올라왔다. 나는 흑흑 소리 내어 흐느끼기 시작했다.

5월 19일 월요일 오전, 사무실 전화벨이 울렸다.

"여기 전라도 광주인데요. 군인들이 시민들을 총칼로 마구 죽이고 난리예요. 정말이에요. 무서워서 죽겠어요. 신문사 같은 곳에 어떻게 좀 연락을 해주세요."

태양이 뜬 아침나절에, 군인들이 시민을 죽이고 있다는 그 말을 도저히 믿을 수 없었다. 그런데 전화를 내려놓자마자 바로 또 전화벨이 울렸다. 똑같은 내용이었다. 혹시나 해서 광주에 있는 서점 몇 군데에 전화를 걸어보니 모두 불통이었다. 넋이 반쯤 나간 채로 한동안 멍하니 앉아, 그저 속으로 "이럴 수가, 이럴 수가" 하고 되뇌었다.

다음 날 신문 기사를 샅샅이 훑었다. 광주에 대한 기사는 단 한 줄도 없었다. 어제 내가 들은 소식은 마치 꿈속 환청이었던 듯싶었다. 바깥을 내다봐도 세상은 아무 일도 없었다는 듯 찬란한 봄날의 햇살 아래 눈부시게 빛났고, 사람들 역시 평소와 다름없이 일상을 꾸려갔다.

그리고 며칠이 지났을 때였다.

"임 부장님이 누구세요?"

어떤 청년이 사무실에 와서 나를 찾았다.

"최권행 선배님이 임 부장님을 모시고 오라고 해서."

청년은 나를 데려가면서 혹시 형사들이 미행을 하는지 연신 주위를 살폈는데, 오히려 그 모습이 우리가 위험인물들입니다 하고 신호를 보내는 것처럼 보였다. 약속 장소에 도착하자 한참 후에 최권행 역시 주변을 살피며 나타났다.

"임 부장님, 사무실을 지키느라 고생이 많죠? 우리 상황에 대해서는 그냥 모르는 척하시는 게 좋을 겁니다. 어쨌든 임 부장님께는 회사가 잘되면 나중에 다 보답을 해드릴 테니까 조금만 더 수고를 해주세요. 지금 가면 소설가 황석영 씨를 만날 텐데, 황석영 씨가 『어둠의 자식들』을 돌베개에서 다시 내자고 할 겁니다. 그럼 서둘러서 빨리 내세요."

『어둠의 자식들』 판권이 현암사로 넘어간 줄도 모르고 있던 상태여서 다소 어리둥절한 기분이었다. 최권행을 따라 허름한 카페로 들어가자, 한쪽 구석에서 황석영 씨가 다른 사람과 마주 앉아 맥주를 마시고 있었다.

"임 부장이라고 했나? 회사가 어려울 때 혼자 남아서 일하느라 고생이 많지?"

그렇게 말하곤 황석영 씨는 마주 앉아 있는 사람과 하던 이야기를 마저 이어나갔다.

"이거 정말 답답해 미치고 환장하겠네. 호준이 엄마가 불의를 보면 못 참는 성격이라 가만히 있지 않을 텐데. 사단이 나도 몇 번은 났을 건데, 도대체 알아볼 데가 있어야지."

나는 그것이 광주에 대한 이야기라는 것을 직감했다. 황석영 씨가 광주에 있는 가족 걱정을 계속 이어가자 최권행이 끼어들었다.

"석영이 형. 임 부장이 가야 하잖아."

"아 참, 그렇지. 내 정신 좀 봐. 임 부장, 『어둠의 자식들』이 원래 돌베개에서 나와야 하는데, 내가 광주에 소극장을 짓다 보니 돈 문제로 해찬이와 다투다가 홧김에 현암사에 판권을 넘기고 돈을 좀 갖다가 썼네. 하지만 사람이 죽어가는 이런 마당에 소극장 같은 게 뭐가 필요하겠나? 현암사

문제는 내가 『장길산』 인세로 까면 되니까, 임 부장은 아무 걱정하지 말고 책을 내. 다 내가 책임을 질 테니까. 실은 나도 그동안 마음이 찜찜했었는데 차라리 잘됐네. 그럼, 임 부장이 어려울 때 수고 좀 하게."

나는 평소 황석영 씨를 존경하던 터라 깍듯이 인사를 하고 나왔다.

"임 부장님. 석영이 형이 사람은 좋은데, 감정 기복이 심해서 언제 또 마음이 변할지 몰라요. 임 부장님은 그 점을 염두에 두고 최대한 서둘러서 책을 내세요."

최권행이 따라 나오며 강조했다.

황석영 씨가 『월간중앙』에 『어둠의 자식들』을 연재할 수 있었던 것은 허병섭 목사님 덕분이었다. 하월곡 빈민촌에서 활동하고 있던 허병섭 목사님의 동월교회에는 소아마비로 다리를 심하게 저는 이동철 씨가 있었다. 그는 나처럼 고아는 아니지만, 어려서부터 나와 거의 비슷한 생활을 하며 살아왔다. 홀어머니 밑에서 어렵게 살다가 집을 나와 이리저리 떠돌았고 나중에는 양동이나 창신동 같은 사창가에서 기둥서방질과 도둑질을 하며 막장 인생을 살았다. 그러다가 뒤늦게 마음을 잡고 노점상을 할 때 허병섭 목사님을 만난 것이었다. 그때 의식을 깨우쳐가는 과정을 혼자 일기 형식으로 써놓았는데, 그 글을 허병섭 목사와 함께 활동하던 후배들이 보고 최권행 선배에게 연락을 했다. 최권행은 곧 그 후배들 다섯 명을 시켜 이동철 씨가 써놓은 글을 주제별로 분리한 다음, 다시 서너 명이 집중적으로 정리해서 1차 원고를 만들었다. 황석영 씨에게 넘어간 것이 그 원고였다. 황석영 씨는 나름대로 뺄 것은 빼고 덧붙일 것은 덧붙인 뒤 소설 형식으로 새롭게 글을 다듬어 『어둠의 자식들』이라는 제목으로 연재를 시작했다. 상황이 이런 만큼 『어둠의 자식들』 판권은 최권행 씨의 출판사가 아닌 다른 데로 넘어가선 안 되는 것이었다.

나는 즉시 제작에 착수했다.

박승옥 편집부장이 잠수를 타기 전 『월간중앙』에 연재된 글을 교정까지 전부 봐놓고, 곧바로 본문 인쇄에 들어갈 수 있게 지형*까지 다 떠놓은 상태였다. 하지만 표지는 아직 준비되어 있지 않았다. 무엇보다 나는 제작을 전혀 해보지 않아 모든 과정이 낯설기만 했다. 그동안 돌베개에 자주 드나들던 사람들을 알음알음 찾아가서 표지 디자이너를 소개받을 수 있었다.

---

* 불에 타지 않는 특수 종이에 글자를 새겨놓은 판.

제대로 협조할 거야, 안 할 거야?

그러던 중 신문에 청천벽력 같은 소식이 실렸다.

김대중 씨가 정권을 잡고 싶은 야욕에 내란을 획책하여 광주에서 폭동을 일으켰다는 기사가 도표와 함께 대문짝만 하게 난 것이다. 도표에는 김대중 씨를 필두로 그때 내가 이미 이름을 알고 있던 많은 사람들이 줄줄이 나와 있었다. 문 익환 목사, 문동환 목사, 고은 시인, 송기원 소설가 등 대부 분 김대중 씨가 탄압당할 때 가깝게 지냈던 사람들이었다. 그런데 그 도표에는 놀랍게도 서울대 복학생협의회 회장 이해찬이 그동안 서울대 총학생회장 심재철과 전국 대학교 학생회장들을 조종해 대학생들의 데모를 진두지휘한 우두 머리인 양 떡하니 박혀 있었다. 가슴이 철렁 내려앉았다. 섬 뜩하기 짝이 없었다.

이튿날 바로 전화가 걸려왔다. 서대문 사거리에 있는 치안본부로 들어오라는 내용이었다. 주식회사 간판이 걸려 있는 어느 허름한 곳의 나무 쪽문을 열고 들어가자, 100평쯤 되는 넓은 마당과 오래된 창고 같은 붉은색 벽돌 건물이 나왔다. 그곳의 문을 열자 10여 미터 거리 너머에 문이 또 있었다. 문을 지키고 있던 헌병이 나를 제지했다. 널찍한 창고처럼 생긴 사무실에는 계급장 없는 군복과 사복 차림의 사람들이 담배 연기가 자욱한 가운데 바삐 움직이고 있었다. 마치 마감을 앞두고 한창 분주한 신문사 편집국을 보는 것 같았다. 헌병이 나를 나이가 쉰도 넘어 보이는 사람에게 데려갔다. 그가 대뜸 묵직한 목소리로 겁부터 주었다.

"이곳이 어떤 곳인지는 알지?"

"예."

"여기서 있던 일은 밖에 나가서 말하면 절대 안 된다는 것도 알지?"

"예."

그는 그렇게 내 기를 꺾어놓은 다음 근처 책상 앞에 앉아 있는 사람에게 넘겼다.

"임 부장. 나도 호남 사람이고 심적으로는 김대중 씨를 돕고 싶은 사람이라, 이해찬이한테 야박하게 굴 생각은 없네. 하지만 임 부장이 한번 잘 생각해 봐. 대한민국 어디서 잡히든 결국은 이곳으로 이첩해서 오게 되어 있네. 그런데도 다른 곳에서 잡히면 여기 앉아 있는 우리들의 기분이 좋겠나? 임 부장이 생각해 보라고. 우리한테 잡히면 물론 대우가 확 달라지지. 해찬이가 대한민국에 숨어 있는 한 잡히는 것은 시간문제네. 기왕 잡힐 거 우리한테 잡히는 것이 이해찬이한테도 좋고, 임 부장한테도 좋아. 임 부장이 대한민국에서 들어가고 싶은 회사, 삼성이고 대우고 어디든 이야기만 하면 넣어줄게. 여기서 그 정도는 할 수 있다는 거, 임 부장도 알고는 있지?"

"예."

"임 부장, 채광석 씨 알지?"

채광석 씨는 서울대학교 사범대 재학 중 제적되었다가 강제 징집되어 군대에 끌려갔고, 제대 후에는 신용협동조합 중앙회에 다니고 있었다. 평소 돌베개 사무실에 자주 들렀기에 안면이 있었다.

"내 말이 사실인지 아닌지, 채광석 씨를 만나게 해줄 테니까 확인해 봐."

조사관을 따라 들어간 철창 안쪽에는 일제 때 지은 교도소와 구조가 비슷한 감방들이 있었다. 다른 점이 있다면, 교도소의 시찰통은 안에서도 밖을 내다볼 수 있었지만 이곳

감방은 시찰통에 작은 쇠붙이 문이 달려 있어 밖에서만 안을 들여다볼 수 있게 되어 있다는 것이었다.

채광석 씨가 독방에 혼자 앉아 있다가 나를 보고 깜짝 놀라 일어섰다. 조사관이 나가자 채광석 씨가 의례적인 말을 건넸다. 원래 시원시원한 사람인데, 잔뜩 긴장해 있었다. 채광석 씨는 이해찬보다 몇 년 선배였다. 나는 형식적인 안부만 주고받고 입을 다물었다. 이런 곳에서는 되도록 말을 아끼는 것이 서로에게 좋다는 것 정도는 알고 있었기 때문이다.

며칠 뒤 다시 들어가자 나를 대하는 이들의 태도가 싸늘했다. 전과 180도로 달라져 있었다.

"임 부장, 너 이 새끼 간첩 아냐? 어떻게 된 새끼가 살아온 흔적이 없어? 너 이 새끼 오늘 바른대로 말 안 하면 이곳에서 살아서 못 나갈 줄 알아, 새끼야."

가호적을 만들 때 나는 나의 전과를 철저히 숨겼다. 물론 지문을 찍어 조회하면 다 나올 것이었다. 그렇지만 주민등록증만 가지고 조사하면 나는 경범 한 번도 산 적이 없는, 지극히 선량한 시민이었다. 조사관은 뒤늦게 호적을 만들었으니 비어 있을 수밖에 없는 내 지난 시절을 추궁하는 것이었다.

"제가 어릴 때 부모님이 일찍 돌아가시는 바람에 고아원에서 지내다가, 사회에 뒤늦게 나와 호적을 만들었기 때문에……."

"닥쳐! 너 같은 놈은 지금이라도 삼청교육대로 당장 보낼 수 있고, 귀신도 모르게 수장시킬 수도 있어."

나는 겁을 먹어 대답도 제대로 못 했다.

"제대로 협조할 거야, 안 할 거야?"

"협조하겠습니다."

"만약에 협조를 제대로 하지 않으면, 넌 그날로 삼청교육대에 가는 거야. 알았어? 하지만 이해찬이를 잡기만 하면, 내가 먼저 약조한 대로 취직 자리는 보장해 줄 테니까. 앞으로 어떻게 행동을 하느냐에 따라 네놈 인생이 달라지는 거야. 알았어, 임 부장?"

"예."

치안본부 건물을 빠져나오는데 두 다리가 후들거리면서 등줄기에서 식은땀이 다 났다.

그날 늦게까지 술을 마시고 취해 쓰러져 잤다. 그런데 술도 덜 깬 새벽에 대문 벨이 울려 억지로 일어나 나가 보니, 이번에는 관악경찰서 소속 형사라는 두 사람이 집 안으로 밀고 들어오며 겁을 주는 것이 아닌가.

"임 부장. 자네는 이해찬이가 어디에 숨어 있는지 알고 있지? 빨리 바른대로 말해."

"아니, 저는 아무것도 모릅니다. 형사님들도 생각해 보세요. 서울대를 나와 학생회장들을 총지휘했다는 사람이 어디 간다고 저한테 이야기를 했겠어요? 형사님들께서 상식적으로 생각해 보세요."

관악경찰서 형사들은 이참에 학생운동권의 대부이자 내란음모 사건의 대학가 총책 이해찬을 잡아 출세하려고 작심을 하고서 덤벼들었다. 나로서는 전과가 드러나는 경우 삼청교육대로 끌려갈 가능성이 있어, 행동을 조심스럽게 할 수밖에 없었다. 형사들은 나를 잘 이용하면 이해찬을 잡을 수 있다고 생각했는지 거의 매일 새벽이고 한밤중이고 아무 때나 불쑥 찾아와 괴롭혔다. 이들도 마찬가지로 이해찬을 잡아주면 좋은 곳에 취직도 시켜주고 돈도 주겠다며 300만 원이 든 통장을 보여주면서 구슬렸다. 그러다 진전이 없으니 어느 날은 관악경찰서 앞에서 보자는 거였다.

형사들은 나를 근처 여관방으로 끌고 가서는 이불을 머리에 뒤집어씌우고 팔을 꺾는 고문을 했다. 모처럼 당하는 고문이라 실제로 고통스럽기도 했지만, 나는 일부러 더 엄살을 떨면서 말했다.

"해찬이가 있는 곳을 알려주면 좋은 직장도 소개시켜 주시고 돈도 주신다는데, 알면 제가 왜 안 가르쳐드리겠습니까?"

"임 부장, 지금부터는 연락이 오기를 기다리지만 말고 이해찬이와 친한 사람들을 찾아가 회사에 급한 일이 생겼다며 연락 좀 해달라는 식으로 해봐."

나는 시키는 대로 다 하겠다고 굽신거리며 대답을 한 뒤 문을 나섰다. 햇빛이 부셔 쉽게 눈을 뜰 수 없었다. 거리를 바삐 걸어가는 사람들이 무심해 보였다.

웃어도 웃는 게 아닙니다

『어둠의 자식들』의 표지를 만들어 인쇄소에 가져갔다. 거래처 사장은 앓는 소리부터 했다.

"임 부장님, 정말 죄송하지만 절 살려주는 셈치고 다른 곳에 가서 해주시기 바랍니다."

사장님은 국가보안법에 걸려 몇 년을 살고 나온 분이라 더 겁을 먹고 있었다. 하는 수 없이 생전 처음 보는 인쇄소를 찾아갔다. 인쇄물 5000부를 현금으로 결제한다는 조건이었다. 하지만 거래하던 지업사가 인쇄용지 거래를 거절했다. 밀고 나가는 수밖에 없었다. 서점에서 미리 지불을 받아, 인쇄소에 일시불로 종잇값을 지급하고 인쇄소에서 종이를 구하는 작전을 썼다. 인쇄를 가까스로 끝낸 후 제본을 맡겼다. 보통 2~3일이면 납품을 하던 제본소에서 공장장이 몸이 아파 나오지 않았다, 기계가 고장 났다, 이런저런 핑계를 대며 시간을 끌었다. 그러더니 제본비와 잔금을 현금으로 미리 지불해 달라고 요청했다. 꾀를 쓰는 것이었다. 종잇값과 인쇄비로 돈을 전부 지출해, 현금은 고사하고 서점에서 받은 어음도 없었다. 할 수 없이 정 형을 찾아가 사정을 이야기했다. 빌려주었던 100만 원을 급히 돌려받아 그 돈으로 작업을 끝냈다. 하지만 너무 늦은 시각에 납품을 받아 회사 창고에 쌓아두고 퇴근해야 했다. 집으로 가면 형사들이 들이닥칠 것 같아 술집에서 최대한 버티다가 돌아갔다.

다음 날 아침, 경리가 전화를 걸어왔다.

"임 부장님, 큰일 났어요. 출근해 보니 이동철 씨가 사무실 자물쇠를 부수고 들어와서 『어둠의 자식들』 5000부를 용달차에 실어놓고 기다리고 있었어요. 확인서를 써주고 다 가져갔는데, 어떡해요?"

울먹이는 소리에 정신이 번쩍 들었다. 사무실로 가자 현암사에서 나를 불렀다. 이동철 씨가 나를 아랫사람 대하듯 맞이했다.

"임 부장, 고생이 많지?"

나는 대답하지 않았다. 얼마 후 황석영 씨가 상기된 모습으로 나타났다. 그는 중앙일보 신문을 탁자에 던지며 흥분했다. 신문에는 그가 돈 때문에 다른 출판사와 계약을 한다는 기사가 실려 있었다.

"내가 지금까지 의리 하나로 살아온 놈인데. 날 매장을 시키려거든 다른 걸로 시키지, 치사하게 의리도 없는 놈으로 매장을 시키려고 해!"

그러자 이동철 씨가 따지듯 말했다.

"형님, 출판사를 옮기려면 최소한 제게 의논은 하고 넘겨야 되는 것 아닙니까? 저한테 한마디 의논도 없이 현암사로 옮겼다가 다시 돌베개로 옮겨 간 것도 그렇고, 그동안 형님 마음대로 선인세를 갖다가 쓰면서 저한테는 10원 한 장 주신 적 있습니까? 오늘부로 『어둠의 자식들』 판권을 넘기십시오. 그렇지 않으면 지금까지의 일은 다 없던 일로 하고 제가 다시 책을 써서 새로 출판할 테니까. 형님이 지금 결정하십시오."

황석영 씨는 끝내 백기를 들었다. 이동철 씨는 현암사와 『어둠의 자식들』 간의 계약서를 자신의 이름으로 새로 썼다. 『어둠의 자식들』은 단기간에 40~50만 부가 나갔던 책이었으니, 돌베개와 황석영 씨는 그 책을 현암사와 이동철 씨에게 바친 꼴이 되었다. 물론 나중에는 종이, 인쇄, 제본 등 순수 제작비를 이해찬의 부인 김정옥 씨가 모두 받아 왔다. 하지만 거래도 없던 인쇄소에서 제작해 제작비 손해를 봤고, 표지 디자인값과 월간중앙 광고비, 편집부 인건비, 그리고 처음에 일한 최권행 후배들의 수고료 같은 것은 전혀 계산에 들어가지 않았다. 이래저래 돌베개 출판사로서는 꽤 큰 손실을 입은 셈이었다.

제본 지연과 늦은 출고, 돌베개 무단침입, 가십 기사, 새 계약서 작성 등 정신없이 돌아간 일련의 과정이 누군가에 의해 치밀하게 연출된 결과라는 것을 그때는 전혀 생각지도 못했다. 훨씬 더 시간이 흐른 후, 세속의 물이 조금 더 든 다음에야 그것이 잘 짜인 각본에 따른 해프닝이라는 사실을 깨닫게 되었다.

많은 일들을 겪고 나자 출판에 대한 회의감이 들었다. 이 참에 출판사를 떠나 공장에 취직하고 싶은 생각도 들었다. 하지만 좋은 일을 하려다가 도망 다니는 사람들의 뒷바라지를 해야겠다는 생각에 버티는 데까지 버텨보기로 했다. 경리를 내보냈다. 사무실도 이해찬의 집으로 옮겼다.

얼마 후 이해찬이 잡혔다는 소식이 신문에 실렸다. 이해찬에게는 미안한 일이지만, 그 순간엔 이해찬의 신변에 대한 걱정보다는 그동안 나를 고문하던 형사들에게서 벗어날 수 있겠다는 안도감이 먼저 들었다. 그물에서 빠져나가는 것과 같은 해방감마저 느꼈다. 젖먹이 현주를 품에 안은 채 함께 도망 다녔던 부인이 재판을 돕고 옥바라지도 하기 위해 신림동 집으로 돌아왔다. 편집부장 박승옥도 돌아와 곧 출판사 일을 다시 시작할 수 있었다.

편집부장은 인문사회과학 전반에 걸쳐 해박한 지식을 갖고 있었다. 여기저기 인맥도 넓어 기획 편집자로서는 최고의 인재였다. 그가 처음 기획한 책이 『한국근대민족운동사』였다. 우리나라와 일본의 역사학자들이 쓴 글 중에서 엄선한 원고를 모아 낸 책이었다. '근대'라는 제목에 맞게 1876년 개항부터 1945년 해방 때까지를 대상으로 하며, 내용은 주로 갖은 고난 속에서도 민중들이 주어진 상황을 어떻게 헤쳐 나갔는가 하는 데 초점을 맞추었다. 그러나 결론적으로는 식민지 해방을 자주적으로 이루지 못한 책임이 분단으로 이어지고 말았다는 통렬한 반성을 하는 내용이었다. 무려 650여 쪽이 넘어가는 분량이었다. 박승옥은 종이를 구할 돈이 없던 출판사의 사정을 고려해, 도서출판 일월서각의 선배에게 미리 구해놓은 종이를 쓰고 돈은 나중에 주기로 약속한 뒤 인쇄 작업에 들어가려 했다. 그런데 인쇄소에서 『한국근대민족운동사』라는 책 제목에 지레 겁을 집어먹고 인쇄를 거절했다. 아무리 사정해도 막무가내였다. 할 수 없이 용달차를 부른 다음 박승옥과 내가 종이를 어깨에 짊어지고 계단을 올라 언덕 위에서 기다리고 있던 용달차에 옮겨 실었다. 그렇게 다른 인쇄소에서 인쇄를 했는데, 이번에는 제본이 문제였다. 접지 도중에 종이 결이 맞지 않는다는 사실을 뒤늦게 알았다. 박승옥이나 나나 제작을 해보지 않아 큰 실수를 한 거였다. 이런 경우 종이를 새로 구입하고 인쇄를 다시 시작하는 것이 정상이겠지만, 도저히 그럴 형편은 되지 못했다. 다행히 책이 조금 뜨는 정도여서 읽는 데에는 문제가 없다고 생각해 밀고 나갔다. 『한국근대민족운동사』는 생각보다 잘 팔렸다. 나는 급한 불을 끄고 지방 출장에 나섰다.

고속버스가 광주로 들어설 때였다. 엄청난 고난을 겪은 광주시의 모습이 어떨지 무척 궁금했다. 하지만 전과 다른 점을 느낄 수 없었다. 나는 정부에서 흔적들을 숨겼다고 생각했다. 그러나 저녁이 되자 번화가인 충장로는 네온사인 불빛 아래 화사한 옷을 입은 사람들로 북적거렸다. 그 모습을 보고는 충격을 받았다. 어찌 그런 엄청난 일을 겪고도 아무 일도 없었던 것처럼 지낼 수 있는 것인지 나로서는 이해가 가지 않았다. 광주항쟁 후 YWCA에 있는 서점에서 반품이 왔는데, 총알에 서너 권씩 뚫려 당시 상황을 보여주는 책들도 있기에 전화를 해 물었었다.

"이런 책들은 나중에 역사적 자료가 될 수도 있는 귀한 책들인데 보관을 하시지, 왜 반품을 했습니까?"

"그럴 마음도 있었지만, 지금은 광주의 상황을 다른 사람들한테 알리는 것이 더 중요하다고 생각해 일단 보냈습니다."

그런 말을 듣고 왔기 때문에 나는 더 실망했다. 삼복서점 조 상무에게 결제를 받으면서 솔직한 나의 심정을 털어놓았다. 그러자 조 상무가 조금은 흥분한 얼굴로 말을 받았다.

"임 부장님은 광주 사람들의 내면을 보지 못해서 그럽니다. 지금 광주 사람들이 웃는 것처럼 보여도 웃는 게 아닙니다. 이 작은 도시에서 수백 명이 죽고 수천 명이 병신이 되거나 다쳤습니다. 이곳은 서울과 달라서 한 다리 건너면 다 친인척이거나 학교 동창, 선후배 관계로 연결되어 있어요. 지금 이곳 사람들은 감정을 그대로 표출하면 숨을 쉬고 살아갈 수가 없기에 가슴에 있는 한을 누른 채 살고 있는 겁니다. 저만 해도 잊을 수 없습니다. 그때 서점에 있었는데, 갑자기 너무 조용해 상황이 어떻게 돌아가나 살펴보려고 옥상에 올라갔습니다. 그런데 다른 건물 옥상에 있던 총구가 절 겨냥하는 게 아니겠습니까? 전 기겁해서 주저앉았습니다. 계단을 내려오는데 다리가 후들거려 기다시피 하여 내려왔지요. 지금도 그때 생각만 하면 심장이 벌렁거립니다. 임 부장님도 생각해 보세요. 별생각 없이 옥상에 올라갔다가 조금만 늦게 총구를 발견했더라면 총에 맞아 죽을 수도 있었다고 말입니다. 하물며 가족 중에서 누가 총이나 칼에 찔려 죽거나 병신이 되었다고 생각해 보세요. 한이 맺히나 안 맺히나."

조 상무의 이야기를 듣고 나서야 비로소 광주 사람들의 심정이 이해되었다. 그와 동시에 앞으로 그런 분노가 군부 독재를 끌어내리는 원동력이 될 것이라는 생각이 들었다.

차라리 저한테 넘기십시오

박승옥이 두 번째로 기획한 책은 한국경제에 대한 것이었다. 경제학과 교수들이 우리나라 경제의 특성과 문제점에 대해 서울대 학보에 썼던 글들을 재구성해서『한국경제의 전개과정』이란 제목으로 엮어내기로 했다. 하지만 출판사에서 감당하기에는 기획비와 원고료가 너무 벅찼다. 경제학 교수님들이라 원고료가 비싸기도 했고, 먼저 지불하지 않으면 아예 원고를 주지 않아 이러지도 저러지도 못하고 있을 때였다. 마침 사직동 하숙집 아줌마가 200만 원짜리 계를 들라고 해 마지못해 들어놓았던 곗돈을 탔다. 덕분에 밀린 원고료와 더불어 기획비 80만 원까지 해결하고 책을 낼 수 있었다.『한국경제의 전개과정』이 예상보다 반응이 좋았던 덕분에, 동대문 충신동에 20평의 사무실을 얻어 출판사를 옮겼다. 전에 있던 경리 사원도 다시 돌아와 근무를 시작했고 배본 사원도 따로 뽑았다. 김정옥 씨도 남편 이해찬의 김대중 내란음모 사건 재판이 끝난 후 출판사에 나와 일을 시작했다.

광주항쟁에 연루된 혐의로 도망을 다니던 최권행이 출판사를 찾아왔다. 나로서는 쌍수를 들고 환영하고 싶을 만큼 반가웠다. 『한국경제의 전개과정』이 나올 무렵 박승옥이 사적인 이유로 일을 그만두는 바람에 황지우를 주간으로 맞았는데, 황지우도 곧 그만두게 되어 기획을 맡을 사람이 절실히 필요하던 차였다. 하지만 최권행은 나와 생각이 좀 달랐다.

"임 부장님. 제가 일을 나와도 현주 엄마가 계속 출판사에 나와 일을 하는 건가요?"

"재판도 끝났는데, 그래야 하는 거 아닙니까?"

"그리 간단한 문제가 아닙니다. 친구인 해찬이가 감방에 들어가 있는 상태에서 만약 현주 엄마와 저 사이에 이견이 생긴다면, 전 해찬이뿐만 아니라 다른 친구들한테도 죽일 놈이 됩니다. 사실 해찬이와 출판사를 하기 전에는 서로 간이라도 빼줄 수 있을 정도로 친한 친구였습니다. 하지만 일을 하면서 이런저런 일로 부딪치다 보니 거리가 멀어진 것도 사실입니다. 지금 상황에서 현주 엄마를 그만두게 할 수도 없고, 그렇다고 제가 출판사를 포기할 수도 없는 상황이니까 이참에 분리를 하는 것이 어떨까 싶습니다."

"전 반대합니다. 서로가 힘을 합쳐도 잘될까 말까인데, 이때 분리를 해서는 안 된다고 봅니다."

"임 부장님 마음은 이해합니다. 하지만 해찬이나 현주 엄마 생각도 어쩌면 저와 같을 수 있으니까, 이 문제는 임 부장님이 현주 엄마와 상의를 해본 다음에 다시 이야기하기로 합시다."

현주 엄마는 의외로 쉽게 동의했다.

"저희 집안이 사업을 해서 제가 좀 아는 바가 있는데, 친한 친구일수록 동업을 해서는 안 된다고 했습니다. 그래서 전 처음부터 동업을 반대했습니다. 최권행 씨 생각처럼 이번 기회에 분리를 하는 것도 좋은 방안이라고 생각합니다."

최권행이 기획한 『지식인을 위한 변명』과 『프란츠 파농』의 재고를 넘기고, 각기 2000부씩 추가로 제작해 주기로 했다. 이때는 형편이 좀 나을 때라 크게 문제될 건 없었다. 다만 『한국경제의 전개과정』은 성격상 신학기에만 많이 팔리는 책이었다. 평소에는 『지식인을 위한 변명』 판매 부수가 전체의 60%를 차지했고, 매출에서도 30%는 『지식인을 위한 변명』의 몫이었다. 보통 책들은 시간이 가면 갈수록 판매 부수가 줄어들지만,『지식인을 위한 변명』은 오히려 더 잘나가는 책이라 난감했다. 그럼에도 나는 지분 문제로 사이가 멀어질 것 같다는 생각에 좋게 헤어지는 쪽을 선택했다. 최권행은 전에 등록이 취소된 한마당 출판사를 다시 살려 새롭게 일을 시작했다.

역시나 돌베개의 재정이 급격히 어려워졌다. 할 수 없이 용강동의 허름한 곳으로 사무실을 옮겼다.『지식인을 위한 변명』이 없어진 것도 큰 타격이었지만, 무엇보다 박승옥만큼의 기획 능력을 갖춘 인재가 없었다. 상황은 점점 어려워져 거래처들에 결제를 제대로 해주지 못할 정도가 되었다.

1981년 가을, 현주 엄마는 출판사를 다른 곳에 넘기자고 제안했다. 나는 이렇게 답했다.

"다른 곳에 넘기실 거면 차라리 저한테 넘기십시오."

출판사를 인수해 제대로 한번 해보겠다는 생각 같은 것은 없었다. 무엇보다 기획 능력이 거의 전무했기 때문이었다. 다만, 아직은 포기할 때가 아닌 것 같으니 버틸 수 있을 때까지 버텨보고 싶다는 마음뿐이었다.

현주 엄마는 사무실 보증금 100만 원과 백색전화*를 요

---

* 과거 사용권을 다른 이에게 넘겨줄 수 있었던 개인 가입 전화.

구했다. 그 조건으로 출판사를 인수받았다. 그래도 최소한 책을 쌓아놓을 장소와 주문을 받을 연락처는 있어야 했다. 여기저기 알아봤지만 좋은 해결책은 나오지 않았다. 앞이 캄캄하고 막막했다. 마침 창제조판소와 시인사 출판사를 하고 있던 조태일 사장님이 이런 딱한 사정을 듣고 조판소 한쪽 창고 자리를 내줬다. 시인사에 있는 전화도 사용하라고 배려해 주었다. 그 덕분에 출판사는 당장 급한 불을 끌수 있었고, 이름도 지켜낼 수 있었다.

살아남으려면 박승옥을 다시 데려오는 길밖에 없다고 판단했다. 유비가 공명을 찾아가 사정하듯이 애걸했다. 박승옥은 일주일 정도 애를 태우다가 마음을 정했다.

창제조판소 창고와 전화를 무료로 사용할 수는 있었지만 여러모로 불편한 것이 사실이었다. 책상 놓을 공간이 없어 거래처의 편집 직원들이 인쇄 교정지를 검토할 때 임시로 쓰던 책상을 함께 사용하다가 사람들이 오면 자리를 비켜주어야 했다. 그마저도 없을 때에는 서서 원고를 정리하기도 했다. 그렇게 『한국현대사의 재조명』과 『새로운 한국사 입문』 두 권의 책을 냈는데, 두 권 모두 예상보다 잘 팔렸다. 1983년 초에는 따로 사무실을 얻어 나갈 수 있을 만큼 회사가 성장했다.

　그 무렵, 일본에서 『어느 청년노동자의 삶과 죽음』이라는 제목으로 평화시장 재단사 전태일 열사의 전기가 나왔다는 소식을 접했다. 박승옥 주간이 어렵사리 책을 구해 일본어를 잘하는 사람들에게 번역을 시켰다. 조판까지 다 끝내서 본문 인쇄를 들어가려던 참이었다. 마침 전태일 열사와 평화시장에서 같이 활동했던 전태일기념사업회의 사무국장 민종덕 씨가 일본 출판사 원고는 복사본이며 원본은 자신들이 보관하고 있다는 사실을 알려왔다. 그 즉시 전태일 열사의 어머님 이소선 여사를 찾아가 책을 내고 싶다는 뜻을 전했다. 어머니는 우리가 다칠까 봐 걱정했다. 전태일기념사업회나 청계피복노동조합에 대한 탄압은 어제오늘의 일이 아니었다. 군부독재 정권은 학생과 노동자들이 전태일 열사의 뜻을 이어받아 반정부 투쟁이나 노동 투쟁에 나서는 것을 극도로 경계하고 있었다. 이소선 여사도 경찰에 의해 연금되는 등 이런저런 수모를 당하고 있었다. 우리는 그런 상황을 충분히 염두에 두고 있었다. 운동권 출신 출판인들은 책을 내면 적어도 3~5년은 물론이고 심하면 7년까지도 살 각오를 해야 했다.

　"김지하 시인의 『오적』을 복사해서 가지고 있다가 걸려도 몇 년 형을 사는 나라인데, 이 무식한 전두환 군부독재 체제에서 전태일 열사의 책을 낸다고?"

　내가 막 결혼했을 때였다. 2~3년 형 정도라면 깨끗하게 헌신할 수 있겠지만, 정말로 기쁘게 살 수 있겠지만 7년이라니. 아내와 이제 막 세상의 빛을 보기 시작한 아들에게 미안한 마음이 들었다. 하지만 단순히 책 한 권을 내고 말고의 문제가 아니었다. 내가 처음 마음을 잡은 1970년, 그것도 내가 있던 평화시장에서 스스로 죽음을 선택한 전태일 열사의 뜻을 이어받는다는 생각을 하기만 해도 가슴이 벅차올랐다. 이제 임승남이 대표로 있는 출판사에서 그 책을 낸다는 것이 어떤 운명적인 사명감으로까지 여겨지고 있었다. 책을 통해 사람들의 의식이 깨어나 노동자들의 생활환경이 개선되는 것이 우리나라에서 가장 시급한 일이라고 생각했다. 인문사회 분야에 있어서 이토록 의미 있는 책을 낼 수 있다니, 진심으로 기뻤다.

　나는 출판사에 혼자 남아 원고를 읽기 시작했다. 전태일 열사가 자신의 몸에 불을 지르고 근로기준법 책과 함께 불길에 휩싸인 채로 "내 죽음을 헛되이 하지 말라!"고 외치는 장면에서는 눈물 때문에 원고를 볼 수 없을 정도였다. 다 읽고 났을 때, 내 경험에 빗대어 보면 절대로 실형을 받을 수 없겠다는 확신이 들었다. 김지하 씨가 쓴 『오적』은 총칼에 저항하는 저항시였다. 하지만 전태일 열사의 원고는 나이 어린 미싱사와 시다들의 고통을 덜어주려고 노동부나 서울시청 같은 곳을 찾아다니다 한계에 부딪히자 스스로를 불사른, 가장 순수한 이웃 사랑 이야기라는 판단이 들었다. 대한민국 법률로는 절대로 실형을 내릴 수 없을 같았다.

1983년 6월, 나는 『어느 청년노동자의 삶과 죽음』이라는 제목에 '전태일 평전'이라는 부제를 달아 만 부를 찍은 뒤 전국 서점에 배포했다. 처음에는 큰 반응이 없었지만 초조하지 않았다. 곧 입소문을 탈 것이라고 믿었다. 전태일열사 기념사업회의 주최로 노동운동권을 비롯하여 재야 정치인과 학생들, 종교인들을 모아 출판기념회를 열기로 했다. 장소는 정의구현사제단 대표 김승훈 신부님이 있는 홍제동 성당으로 결정되었다.

마포경찰서 정보과 형사가 사무실로 찾아와 나를 겁박했다.

"당신 돌았어? 지금 때가 어느 때인 줄 알고 그런 책을 내? 홍제동 성당에 가서 책 다 가져와. 그러지 않으면 당신, 구속이야."

"김 형사님, 제가 거기 가서 책을 달라고 하면 그분들이 그냥 내줄 사람들입니까? 김 형사님도 잘 아시잖아요? 그 사람들이 얼마나 드센 사람들인지. 제가 책을 가져올 순 없지만, 그분들이 책을 다시는 찍지 못하게 지형은 책임지고 갖다드리겠습니다."

"지형이 뭔데?"

"책을 인쇄할 때 쓰는 기본 판을 말합니다. 그게 있어야 인쇄할 수 있습니다. 제가 그 지형을 가져오면 책을 더 이상 발행할 수 없습니다."

김형사는 윗선에서 문책을 심하게 당했는지 어쩔 줄 몰라 했다. 나는 김 형사의 체면을 어느 정도 세워주면서, 이럴 경우를 감안해 여분으로 준비해 둔 지형을 내주기로 했다. 김 형사의 얼굴이 환하게 펴졌다.

『어느 청년 노동자의 삶과 죽음』은 그런 우여곡절을 겪으며 전국으로 퍼져 나갔다.

좋은 일을 하고 있다는 자부심은 컸지만, 내가 이를 통해 이득을 얻거나 무언가를 이뤄야겠다는 생각은 해본 적이 없었다. 그저 사회에 조금이나마 이바지하고 있다는 것만으로도 충분한 시절이었다.

3부

작별과 환송회

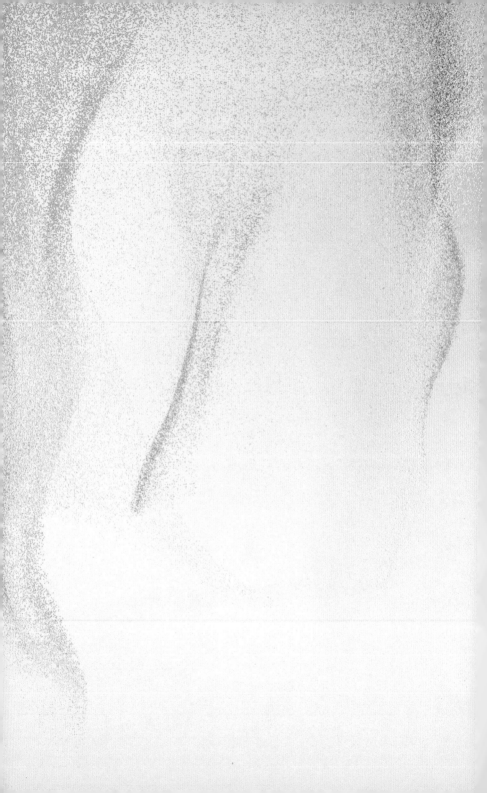

전쟁고아 양아치, 인간 승리

1985년 중반이었다.

지방 출장을 같이 다니던 청년사의 정 사장이 술을 마실 때마다 내 삶에 대해 묻기에 두서없이 이야기를 들려주었다. 그런데 그것들을 나름대로 녹음하고 공책에 정리를 해둔 모양이었다. 어느 날 그것을 가져와 자전소설 형식으로 펴내자고 했다. 당혹스러웠다. 내 나이가 아직 마흔도 안 된 데다가, 따지고 보면 내세울 것도 별로 없었기 때문이었다. 게다가 내 삶을 정리하는 글이기에 어느 정도는 직접 시간과 정성을 들여서 쓰는 게 원칙이라고 여겼다. 하지만 글이라고는 일기 한번 써보지 않은 나로서는 무엇이 되었든 엄두가 나지 않았다.

정 사장의 제안을 받아들인 것은 나 모르게 정리해 준 정성도 있고, 이참에 나 자신을 세상에 그대로 드러내 그동안 갖고 있던 어떤 두려움으로부터 벗어나고 싶은 마음도 컸기 때문이었다.

1980년, 이해찬과의 관계로 인해 서대문 치안본부에 끌려갔을 때였다. 내가 고아라는 사실을 알자 취조하던 요원은 대뜸 이렇게 말했다.

"너 이 새끼, 간첩 아냐?"

가슴에 비수가 날아와 꽂히는 느낌이었다. 비록 스스로를 양아치, 도둑놈에 인간 말종이라고도 생각한 적이 있지만, '간첩'하고는 차원이 달랐다. 어릴 적 우리는 간첩을 잡아 포상금으로 팔자를 고쳐보겠다고 농담 아닌 농담을 주고받았었다. 전봇대나 담벼락마다 반공방첩 포스터가 붙어 있었는데, 그중에는 간첩이 까만 어둠 속에 숨어서 고양이처럼 두 눈만 뜬 채 우리 사회를 엿보는 포스터도 있었다. 내가 그 간첩이라고? 생각만 해도 소름이 돋았다. 시간이 흘러도 그때 치안본부에서 들었던 그 말은 이따금 생생하게 떠오르곤 했다.

그 무렵에는 재일동포 간첩단 사건이나 유학생 간첩단 사건 등이 수시로 터져 나오곤 했다. 일본에 사는 제일교포 2세들이 부모의 나라에 공부하러 오는 경우가 많았는데, 그들은 김포공항에 발을 딛는 순간부터 요시찰인물이 되었다. 간첩은 잡는 게 아니라 만들어지는 거라는 말이 공공연히 돌았다. 고기를 잡다가 실수로 북방한계선을 넘어가 북한에 억류되었다가 풀려나온 어부들도 사회가 어수선하면 다시 잡혀 들어가 온갖 고문을 거쳐 고정간첩으로 재탄생되곤 했다. 학생들의 반정부 시위가 크게 발생하거나 정부의 실책이나 부정부패가 문제될 것 같다 싶으면 어김없이 새로운 간첩단 사건이 터졌다. 신문에 큼지막한 초호 고딕체로 대서특필되거나, 텔레비전 뉴스에서 마치 귀곡 산장이 떠오를 만큼 음산한 배경음악을 깔고 시뻘건 '북조선 글씨'로 된 특집방송을 내보냈다. 그때마다 "이 새끼 간첩 아냐?" 하던 목소리가 절로 떠올랐다. 아무도 보는 사람이 없는데도 흠칫하곤 했다.

'북에서 넘어온 간첩이 국가보안법으로 구속된 학생들을 포섭하기 위해 일부러 고아로 가장해 대전교도소에 들어간다. 거기서 한 학생을 꾀어 사회로 나와선 자연스럽게 출판사에 취직을 한다. 능력을 인정받고 인맥을 넓혀나가다가 운동권 사람들이 운영하는 사회과학출판사에 영업부장으로 들어간다. 그 후 북에서 가져온 공작금으로 출판사를 인수해 반정부 반체제 성격이 강한 책들을 펴내고, 운동권 사

람들을 포섭한다. 그래서 제2·제3의 세포를 지식인사회에 뿌린다.'

이게 말도 안 되는 소설이라고 누가 증명해 줄 수 있을 것인가? 더럭 겁이 났다. 어린 시절부터 쌓인 전과 이력이 내 삶을 투명하게 증명해 줄까? 천만에. 그런 이력은 얼마든지 조작할 수 있는 것이었다. 변하지 않는 것은 지문뿐일 텐데, 그마저도 조작하면 내가 누구인지 변호해 줄 사람은 없는 것이나 마찬가지였다. 안기부에서 나를 그런 식으로 엮은 다음 신문이나 방송을 통해 대대적으로 보도하면, 아마 어린 시절에 같이 살던 친구들조차 내가 간첩이라고 믿게 될지도 모르는 일이었다.

그런 식으로 생각하자 걸리는 것들이 또 있었다.

1985년에는 출판사 형편이 좋아 『어느 청년 노동자의 삶과 죽음』 인세를 20%로 올려드렸는데, 이소선 어머님이 아시면 부담을 가지실 것 같아 이야기하지 않았다. 그밖에도 여기저기 재정적으로 지원하는 곳이 적지 않았다. 한 노동자가 아내와 아이까지 데리고 도망을 다니던 중 찾아온 일도 있었다.

"학생 출신은 수배당해 도망을 다니더라도 인맥이 있어 나름대로 지내지만, 나처럼 인맥도 없고 친구도 없는 노동자 출신은 어디 빌붙을 언덕도 없습니다. 그래서 언제 어디서 터질지 모르는 지뢰밭인 줄 알면서도 아는 사람들을 찾아가게 됩니다."

나는 그 사람과 또 다른 수배자에게 매달 15만 원씩을 지원해 주었다. 생활이 어려운 운동권 인사들에게는 선인세 형식으로 생활비를 보태주기도 했다.

또 1984년부터는 3개월에 한 번씩 민중운동 현장의 목소리를 담은 무크지 『현장』을 펴냈다. 각 분야에서 열심히 활동하는 사람들에게 자연스럽게 원고를 청탁했는데, 대개 생활이 어려운 이들이었다. 그래서 원고료를 미리 주기도 했고 어떤 경우에는 좌담을 하고 나서 참석비 명목으로 돈을 챙겨주기도 했다.

이 모든 게 시한폭탄이 될 수도 있다는 생각에 정신이 번쩍 들었다. 저들이 무슨 짓인들 못 하랴 싶었다. 나를 잡아다가 간첩으로 만들면, 그동안의 각종 지원금은 물론이고 공식적인 인세며 원고료까지 공작금으로 변하지 않는 법은 없다고 누가 장담할 것인가. 그렇게 되면 나 때문에 운동권이 핵폭탄을 맞은 것처럼 쑥대밭이 될지도 모르는 일이었다.

나는 그들이 그물에 옭아 넣기에 가장 좋은 조건을 두루 갖추고 있었다. 상상만 해도 소름이 끼치는, 간첩이라는 그

그물에서 벗어나고 싶은 마음이 간절했다. 그래서 나를 세상에 적극적으로 드러내는 것이 좋겠다고 판단한 것이었다. '자전소설'이라고 이름을 붙인 『걸밥』의 출간을 결심한 것은 이 때문이었다. 편집자와 한두 달을 붙어 지내다시피하며 원고를 정리했다. 책은 1986년 5월 청년사에서 출간되었다.

"전쟁고아 양아치, 전과 7범 인문사회과학 돌베개 출판사 사장 임승남. 인간 승리!"

책을 소개하는 기사가 중앙일보 한 면 전체에 실렸다. 텔레비전 방송사에서도 나를 촬영해 갔다. 여러 잡지와 스포츠 신문 등에도 내 사진과 기사가 두루 실렸다. 그래도 책의 실제 판매량은 예상보다 많지 않았다. 삶의 뼈대만 있지 피와 살, 무엇보다 내면의 목소리를 스스로 담아내지 못한 게 원인이라고 생각했다. 그래도 만 부 정도 나갔다.

나는 남 앞에 나서는 것을 체질적으로 싫어했기에 언론에 나를 노출하고 싶지 않았다. 하지만 어릴 때 헤어진 형과 누나, 동생을 혹시 찾을 수 있을까 하는 실낱같은 희망을 버리진 않았다. 실제로 전화가 몇 통 걸려오기도 했지만, 끝내 어떤 단서도 찾지 못했다.

　책을 읽고 감동을 받았다며 연락을 해온 사람들도 있었다. 한 어머니가 초등학생 아이에게 내 이야기를 해주었더니 꼭 보고 싶다고 졸랐다며 찾아오기도 했고, 신랑이 마음을 잡지 못하고 교도소에 있는데 어떻게 하면 좋겠느냐며 찾아오는 여자들도 있었다. 처지를 비관하는 젊은 여성의 가슴 아픈 서신도 받았다. 그동안 연락이 끊겼던 학삐리, 짱구, 꿀꿀이, 명복이, 물색, 개바리, 직속, 등치꼬마, 땜통, 중등치, 엄마야도 두루 만날 수 있었다. 하지만 진짜 보고 싶었던 빽과 빨강의 소식은 듣지 못했다.

　소년원 선생님도 전화를 했다. 한번 와달라는 부탁이었다. 당연히 가보고 싶었지만, 원생들에게 인간답게 양심적으로 살아가야 한다는 말을 할 자신이 없었다. 솔직히 나는 운이 좋았던 케이스였다. 대개의 경우 마음을 잡을 확률은 희박했다. 원생들이 예전의 나처럼 마음을 잡으려다 실패해 살아 숨 쉬는 것 자체가 싫을 정도의 고통을 겪을까 두려워 부탁을 거절했다. 마음을 굳게 먹고 수화기를 내려놓았다.

활화산처럼 타오르는 분노

나는 전두환을 대통령으로 인정하지 않았다. 박정희 역시 총칼로 정권을 잡았지만, 형식적이나마 처음에는 국민의 선택을 받은 대통령이었다. 그러나 전두환은 처음부터 장충체육관에서 통일주체국민회의라는 유신체제의 거수기 투표를 통해 뽑혔다. 찬성 2524표, 무효 1표라는 기막힌 득표율이 오히려 그 간접선거가 얼마나 부당했는지를 여실히 보여준다.

텔레비전에 전두환이 나올 때마다 반들반들한 이마를 도끼로 장작 내려치듯 후려치고 싶은 충동이 수시로 일었지만, 7년 단임하고 깨끗이 물러나겠다는 약속만은 믿었었다. 그러나 전두환은 그 약속을 뒤집었다. 1987년 4월 13일, 이번에도 장충체육관에서 간선제로 대통령을 뽑겠다고 선언한 것이다. 온 국민이 그의 뻔뻔한 발표에 치를 떨었다.

국민들은 이미 서울대생 박종철 군이 남영동에서 고문을 받다 숨진 사건으로 인해 연일 뜨거운 분노를 표출하고 있었다. 광주항쟁 7주기 날, 천주교 정의구현사제단의 김승현 신부는 "탁자를 탁 치니까 억 하면서 심장마비로 죽었다"던 박종철 군의 사인이 거짓이며 실은 물고문에 의한 사망이었다는 사실을 발표했다. 부검에 참여한 의사가 양심 고백을 한 것이었다.

정국은 일순간에 활화산처럼 타올랐다. 국민의 여망인 대통령 직선제의 상실로 부글부글 끓던 민심에, 박종철 고문치사 사건이 기름을 부었다. 분노한 시위대가 시내 곳곳으로 쏟아져 나왔다. 시민들의 반응도 달라졌다. 예전에는 데모를 하면 장사가 안 된다고, 최루탄 냄새에 시달린다고 타박을 주기도 했지만 이제는 박수를 치며 호응했다.

출판계도 적극적으로 동참했다.

전두환 정권은 툭하면 인문사회과학 출판사들에게 국가보안법의 올가미를 씌웠다. 대표와 편집자가 구속당하는 것은 물론, 책도 수시로 빼앗겼다. 대학가 서점 주인들까지 연행되기 일쑤였다. 이에 인문사회과학 출판사들은 모임을 꾸려 조직적으로 대항하기 시작했다. 거름, 공동체, 녹두, 두레, 동녘, 돌베개, 민맥, 석탑, 백산서당, 새길, 실천문학,

사계절, 아침, 역사비평, 이론과 실천, 일월서각, 이삭, 온누리, 지양사, 청년사, 청사, 풀빛, 한마당, 한울 등 30여 개 출판사들이 주축을 이뤘다. 발행인들은 금요회, 영업부장들은 인사회, 편집부는 문맥회, 경리들은 경우회를 만들었다. 그러나 여전히 친목 모임의 성격이 짙어 조직적인 투쟁을 벌이기에는 한계가 있었다. 이에 출판인들은 1985년 '한국출판문화운동협의회(한출협)'라는 민주적 출판운동단체를 발족시켰다.

한출협은 1987년 6월 항쟁에도 적극적으로 참여했다. 나 역시 회사에 출근했다가 곧바로 직원들과 함께 명동으로 나가곤 했다. 나는 순경들이 전두한 같은 놈들 때문에 고생한다는 생각에 폭력을 거부하는 한편, 운동권 사람들에게 가끔 실망하기도 했다. 그들은 자신의 뜻에 따르지 않거나 선의의 지적이라도 하면 적대시하며 모질게 굴었다. 그리도 헌신적인 사람들이 오히려 일상생활 속에서는 배려와 이해심이 부족한 모습을 보였다. 나는 전경들에게 돌을 던지지 않을 것이며, 경찰봉이나 최루탄에 얻어맞고 쓰러지는 한이 있더라도 절대 물러서지 않을 거라고, 최소한 경찰서에는 잡혀가겠다는 각오를 다지며 시위에 참가했다. 최루탄이 옆에서 펑펑 터져 눈을 뜰 수가 없었다. 앞에 있던 사람들이 연기를 피해 내 쪽으로 도망을 쳐오는데도, 나는 손으로 허공을 더듬거리면서 앞으로 계속 나아갔다. 눈이 따갑고 숨이 막혀오는 것까지는 참아낼 수 있지만 정신이 몽롱해지면서 현기증이 일어나는 데에는 어쩔 도리가 없었다. 온몸에 힘이 빠지면서 정신이 몽롱해져 쓰러졌다. 체력 하나는 강골인 온누리 출판사 영업부장이 나를 일으켜 업고 뛰었다.

그해 6월의 서울 거리는 어디나 격렬한 싸움터였다. 다같이 〈아침 이슬〉을 부를 때에는 뜨거운 감격의 눈물이 흘러내리기도 했다.

연세대학교에서 시위를 하던 이한열 군이 최루탄에 맞아 사망했다는 소식이 전해지자 국민들의 분노는 하늘을 찔렀다. 전두환 정권도 발악을 했다. 최루탄이 모자라 외국에서 수입해 온다는 소문까지 돌았다. 그렇지만 시간은 시민들의 편이었다. 이제 시위대에는 학생과 운동권만 아니라 하얀 와이셔츠를 입은 회사원들까지 대거 가담해 있었다. 일명 '넥타이 부대'였다. 근처 빌딩의 사무실에서 일하는 직원들이 창밖으로 몸을 내밀고 손을 흔들며 응원을 해주었다. 더러는 최루탄 연기를 막는 데 쓰라고 손수건이며 두루마리 휴지를 던져주기도 했다. 감동적인 장면에 사람들은 어디서나 우레와 같은 함성을 내질러 서로를 격려했다. 자가용, 택시, 버스 할 것 없이 모두 경적을 울리며 시위에 동참했다.

시위는 서울뿐만 아니라 전국 거의 모든 도시에서 일어났다. 6월 29일 집권당의 대통령 후보인 노태우는 5년 단임제의 대통령 직선제 개헌을 하겠다고 선언했다.

여보, 이거 하나만 약속해 줘

돌베개 출판사를 정식으로 인수했다. 하지만 한 번도 이 출판사를 내 소유라고 생각했던 적은 없었다. 회사 일에도 거의 관여하지 않았다. 일하는 사람들이 주인 의식을 갖고 일할 수 있도록 조건을 만들어주는 게 내 임무라고 생각했다. 매달 15일에는 편집과 영업 간부들이 모여 새로 출간할 책에 대한 기획과 원고 진척, 그리고 제작 상황 등을 공유했다. 월말에는 전 직원이 모여 도서 판매 현황과 수금 상황, 지출 상황 등을 공유했다. 나는 그때 이외에는 회사 일에 거의 관여하지 않았는데, 그럼에도 회사는 무리 없이 잘 굴러 갔다. 모든 직원들이 스스로 최선을 다했기 때문이었다.

운영이 어느 정도 안정권에 들어선 1986년도에는 월급 체계를 호봉제로 정했다. 물가 대비 임금 인상은 간부들과 협상해서 별도로 반영했다. 다만 월급이 수금액의 20% 선을 넘어가지 않도록 하려고 노력했다. 어쨌건 성평등과 학력 평등을 이루고 일하는 사람들이 주인이 되어 더불어 사는 사회를 만들어보자는 운동권 사람들의 꿈을 우리 출판사에서나마 실천해 보려고 나름대로 애를 썼다.

물론 나도 이 제도에 따라 책정한 월급을 집에 가져다주었다. 『걸밥』을 낸 뒤 만난 어릴 적 친구들의 장사 밑천이나 운전면허증 취득 비용, 자녀들 고등학교 등록금 따위도 이따금씩 도와주었다. 월세 5만 원만 내지 않아도 살 것 같다는 친구의 말에 전세금 50만 원을 건네주기도 했다.

그러던 어느 날이었다.

"사장님, 아래층에 있는 카센터 사장님이 잠깐 뵙자고 하는데요."

직원이 전화를 받고 말했다. 내려갔더니 카센터 사장님이 흥분한 목소리로 말했다.

"임 사장, 큰일 났어. 조금 전에 치안본부 사람들이 출판사 사무실을 다 염탐하고 갔어. 무슨 일 있어?"

노태우는 대통령에 당선되자 전두환과는 다른 모습을 보이려고 애를 썼다. 국민에 의해 직선제로 뽑힌 대통령답게, 국무회의실 탁자도 원탁으로 교체하고 가방도 직접 들고 다니는 등 국민에게 가깝게 다가가려는 모습을 보였다.

'위대한 보통 사람의 시대'라는 캐치 프레이즈도 내걸었다. 아무리 연출이라고 해도, 국민들이 어느 정도 설득되는 면이 있었다. 전에 없이 배짱 있는 사상과 정책을 추진해 나가기도 했다. 연구 활동이라는 전제하에 북한의 많은 자료들, 심지어 노동신문까지 각 대학 도서관에 진열해서 학생들이 북한의 실제 모습을 그대로 볼 수 있게 하겠다고 발표했다. 사람들은 통일에 한 걸음 다가가는 조치라며 기대했지만 언론 발표 때만 반짝했을 뿐 실제로는 쉽게 이루어지지는 않았다. 아무리 신문을 봐도 언제 그런 발표를 했냐는 듯이 조용할 뿐이었다.

출판사 자체적으로 내부 토의를 해본 결과, 노태우 정권이 북한과의 체제 경쟁에서 이겼다는 자신감을 갖고 북한 관련 자료들을 건드리자 내부 반발이 만만치 않게 터져 나온 상황일 거라고 판단했다. 우리는 살짝 움직여 보기로 했다.

북한 조선노동당에서 1946~1980년 사이에 개최했던 총 6회의 당대회와 2회의 대표자회의 기록들, 김일성이 당중앙에 한 사업총화보고 등을 실어서 출간한 두 권짜리 『조선로동당략사』라는 책자가 있었다. 이것을 대한민국 정부에서 다시 한 권으로 압축해 『북한 조선로동당대회 주요문헌집』이라는 비매품으로 만든 뒤 북한 문제를 연구하는 교수나 기관에 배포한 적이 있었다. 우리는 일단 이 문헌집을 출판해 보기로 결정했다. 정부에서 직접 연구자들한테 배포한 책이기에 법적으로 문제가 없을 것 같아 이전의 형태 그대로 찍어냈다. 전국 서점에 배포하고 나서 정부의 반응을 기다렸다.

그동안 출판사에서 내는 책 10권 중 9권은 문화공보부에서 전화로 항의를 하거나 당장 구속시킬 것처럼 야단법석을 떨며 겁박하곤 했다. 그런데 『북한 조선로동당대회 주요 문헌집』에 대해서는 전화 한 통이 없었다. 우리는 이것을 문화공보부에서 암묵적으로 허락한 것이라고 판단하고, 바로 다음 단계에 도전하기로 결정했다. 북한에서 낸 원본을 구해 두 권짜리 『조선로동당략사』를 그대로 출판하자는 것이었다. 위험부담은 있어도 출판 운동의 한계를 한 단계 넘어서는 일이니 충분히 도전해 볼 만한 가치가 있다고 판단했다. 대한민국 출판사 역사상 최초로 북한의 『조선로동당략사』를 찍어 전국 서점에 버젓이 배포했는데도, 역시나 문화공보부에서는 전화가 걸려오지 없었다.

그러자 신생 사회과학출판사들이 기다렸다는 듯 북한 원전 출간을 시도하기 시작했다. 너도 나도 북한 책을 일본에서 몰래 들여오거나 국회도서관 등에 있는 책들을 복사해 펴내기 시작한 것이었다. 젊고 패기만만한 신생출판사 사장들로부터 고맙다는 전화를 여러 통 받았다. 『조선로동당략사』는 기초적인 자료인 데다가, 정부에서 이미 배포도 했기 때문에 우리로서는 경제적으로 아무런 이득이 없었다. 2000부나 찍은 책이 거의 고스란히 남아 있었다. 하지만 신생출판사에서 내는 북한의 소설이라든지 독자들의 흥미를 끌 만한 책들은 몇 만 부씩 쉽게 팔리는 경우가 적지 않았다. 교보문고와 영풍문고 같은 대형서점에서는 북한 관계 도서 특별전을 만들기도 했다. KBS 9시 뉴스에 나올 정도였다.

문제는 그다음이었다.

1989년 봄, 황석영 작가에 이어 문익환 목사가 김일성을 만나고 돌아왔다가 구속되었다. 평양에서 열리는 제13차 세계청년학생축전에 전국대학생대표자협의회를 대표하여 참가한 외대 임수경 학생이 열렬한 환영을 받자 상황은 급변했다. 정부는 대대적인 공안정국을 조성했다. 그리고 북한 관계 책을 낸 출판사들을 뒤늦게 국가보안법 위반 혐의로 잡아들이기 시작했다.

직원들은 일단 피하자고 했다. 나 또한 졸지에 도망자 신세가 됐다. 여관도 마음 놓고 드나들 수가 없어 처음에는 지인들 집을 전전했다. 지인들이야 편히 지내라고 말은 했지만, 대개 부인과 아이들이 있는 가정이라 두루 불편했다. 어릴 적 친구들 집에 있으려니 마음은 편한데 밤마다 몰려들어 술을 마시고 고스톱을 치는 통에 오래 있을 기분이 아니었다. 하는 수 없이 마포 가든호텔 건너편 오피스텔에 세를 얻어, 같이 수배 중이던 동녘 대표와 한마당 대표까지 셋이 함께 모여 지냈다.

출판사에 있을 때에도 특별히 할 일이 없어 사람들을 만나 바둑을 두다가 술이나 먹는 것이 일상이었다. 오피스텔 안에 갇혀 있으니 책을 보려고 해도 집중이 안 되었고, 만화책을 빌려다 봐도 영 재미가 없었다. 도망을 다니는 것이 징역을 사는 것보다 몇 배나 더 힘들었다. 등잔 밑이 어둡다는 말처럼 오히려 집이 안전할 수도 있겠다는 판단에 집으로 들어갔다. 집에서는 마음이 편해 책도 잘 읽혔다. 점점 담이 커져서 나중에는 밤에 몰래 나가 사람들을 만나서 술을 먹고 들어오기도 했다.

그러던 중 명치 끝이 심하게 저려왔다. 도망 다닐 때도 가끔 그런 증상이 있었다. 그때는 체한 것처럼 느껴져 약만 사다 먹으면 되었는데, 집에 와서도 증상이 사라지지 않아 결국 인천 길병원에 가서 종합검진을 받았다. 그 결과 담낭

주머니에 담석이 많이 들어 있다는 말을 들었다.

성수의원 양길승 원장을 찾아가 상의했더니, 양 원장은 시흥 신천리에 있던 의사 세 분이 공동출자해 만든 신천연합의원 병원을 추천했다. 시설은 별로여도 환자를 대하는 태도와 실력만큼은 뛰어나다고 했다. 아내와 함께 택시를 타고 신천연합의원을 찾아갔다. 개발이 한창 진행 중인 지역이라 완공된 집들보다는 이제 막 조성해 놓은 집터가 훨씬 더 많아 어수선했다. 병원 주변에 논밭도 있어 개골개골 개구리 우는 소리까지 들렸다. 병원 건물은 듣던 대로 초라했다. 양길승 원장에게 미리 이야기를 듣지 않았다면 뭔가 미심쩍어 보일 만한 외관이었다. 하지만 40대 후반의 원장님을 만나보고 나자 기우는 씻은 듯이 사라졌다. 이것저것 자세하게 진찰 후 병에 대해서, 그리고 수술 과정에 대해서 세심히 설명해 주는 모습에 단번에 믿음이 갔다. 나는 수술 동의서에 곧바로 서명했다.

전신마취를 하고 배를 가르는 수술은 처음이었다. 수술 후 병실에서 다시 눈을 뜨자 근심과 걱정, 애처로움이 가득한 눈으로 날 내려다보고 있는 아내의 얼굴이 보였다. 살았다는 기쁨은 잠깐이었다. 마취가 풀리면서 통증이 온몸으로 몰려왔다. 이런 고통을 겪으면서까지 꼭 살아야 하나, 싶은 생각이 들 정도로 견디기가 힘들었다. 그래도 신음을 입 밖으로 내지 못했다. 내가 고통스러워하면 아내도 고통스러울 것 같아 죽을힘을 다해 참아냈다.

수술 다음 날, 아내가 하얗게 질린 얼굴로 병실에 들어왔다. 돌베개와 온누리, 지양사 이렇게 세 출판사에 국가보안법 위반 혐의로 사전구속영장이 떨어졌다는 기사가 대문짝만하게 실린 신문을 들고 있었다. 아내 뒤로 원장님의 모습도 보였다.

"아무래도 이곳은 위험할 것 같습니다. 수술은 잘되어 약만 잘 먹으면서 치료하면 큰 문제는 없을 테니까, 다른 병원으로 옮기시는 것이 좋을 것 같습니다."

양 원장이 소개해 준 부천의 한 병원으로 갔지만 그곳에서는 난색을 표했다. 할 수 없이 신천리 병원에 계속 있기로 했다. 사실 통증이 너무 심해 만사가 귀찮았다. 잡혀 들어가니 마니 하는 일도 관심이 없었다. 이틀이 지나자 통증이 거짓말처럼 사라졌다. 나중에 들으니, 이 병원은 자연치료를 우선시하기 때문에 가능한 한 진통제를 많이 쓰지 않는다고 했다. 간호사가 그렇게 아팠으면 왜 진작 진통제 처방을 해달라고 하지 않았느냐고 물었다. 미련하게 그 고통을 참았던 일이 새삼 억울했다.

퇴원 날짜가 이틀 뒤로 잡혔다. 퇴원하고 나면 옷 빨래만 직접 하는 조건으로 신부님이 계시는 곳에 같이 있기로 했다. 아내에게는 이튿날 아침 옷을 가져오라고 당부해 두었다. 이제 도망치기로 마음을 먹은 것이었다. 그간 미심쩍은 기미가 있어서 이리저리 확인해 보니, 치안본부 형사들이 진작 병원 근처에서 잠복근무를 하고 있었다는 사실을 알게 되었다. 그들은 내 몸이 어느 정도 회복되면 체포해 가려던 참이었다.

잠복근무하는 형사가 잠에 빠질 새벽 3시에 병원을 몰래 빠져나와 택시를 탔다. 부천 집으로 가자고 했다. 택시가 신천연합의원과 멀어지자 혹시 병원이 나로 인해 피해를 보는 것은 아닐까 하는 불안한 생각이 들기 시작했다. 마침 신천연합의원은 바로 옆 땅을 매입해 5층짜리 병원을 짓고 있었다. 혹시 내가 도망친 것 때문에 경찰이 은행에 압력을 가해 대출 관계에 해를 끼칠까 하는 걱정도 되었다. 신천연합의원은 영리를 목적으로 하는 의료기관이 아니었다. 환자의 생명을 무엇보다 존중하라는 히포크라테스의 정신을 실천하는 병원이었다. 나는 입원 기간 동안 이런 병원이 왜 소중한지 여러 차례의 경험을 통해 깨달은 터였다.

병원의 배려로 병실을 혼자 사용할 때가 많았는데, 가끔

119에 실려 온 환자들이 내가 있는 병실로 들어왔다. 가족도 없이 혼자 산다는 할아버지가 들어오자 원장님과 간호사가 큰 산소통을 가져와 할아버지에게 산소마스크를 씌운 뒤 팔에 링거를 놓고 갔다. 이미 몇 차례 있었던 일인지 꽤 익숙해 보였다. 병실에 실려 올 때는 다 죽어가는 것 같았던 할아버지가 다음 날 아침에는 언제 아팠냐는 듯이 산소마스크를 벗고 자기 안방처럼 병실을 돌아다녔다.

"할아버지, 이 병원에 자주 오세요?"

"응. 가끔 오지."

"할아버지, 그럼 병원비는요."

"병원비? 난 그런 거 몰라."

할아버지가 당당하게 말했다. 병원에서 무료로 치료해주고 있다는 말이었다.

할아버지뿐만이 아니었다. 수배를 당해 어려운 환경에 있는 운동권의 산모들도 거의 이곳에서 무료로 아이를 낳았다. 부산에서 30대 초반의 젊은이가 민주주의를 외치며 분신자살을 시도했다가 온몸에 화상을 입었는데, 다른 병원에서는 받아주지를 않아 이 먼 곳까지 와 내 방 건너편 병실에서 치료를 받았다. 눈, 코, 입만 빼고 온몸을 붕대로 칭칭 감은 환자를 그와 같이 올라온 대학생 두 명이 종일 옆에서 부채질을 해주며 간호했다. 그 모습이 안쓰러워 출판사 직원들이 병문안을 왔을 때, 50만 원을 익명으로 기증하라고 전했다.

그런 병원에 피해를 입히느니 차라리 내가 잡혀가는 것이 나을 것 같았다. 택시를 집 근처에서 다시 돌려 병원으로 돌아왔다. 나의 예측이 빗나가기를 바라는 마음도 없지 않았지만, 예측은 빗나가지 않았다. 다음 날 아침 식사를 마쳤을 때 건장한 형사 다섯 명이 좁은 병실이 꽉 차도록 몰려들어왔다. 그 순간에는 택시를 돌려 다시 돌아온 것을 잠시 후회했다.

"치안본부에서 나왔습니다. 몸이 불편한 건 알지만 함께 가주셔야겠습니다."

"오늘 집사람이 옷을 가지고 오기로 했으니까 옷이나 갈아입고 갑시다."

강한 어투로 말하자 의외로 순순히 들어주었다.

얼마 지나지 않아 아내가 큰처남과 같이 병실 문을 열고 들어섰다. 병실 가득 건장한 형사들을 보고 사색이 되었다. 나는 쏟아지려는 눈물을 이 악물고 버티는 아내의 애처로운 모습에 예전에 했던 말을 후회했다.

도망을 다니던 중에 아내에게 한 가지 부탁을 했었다.

"당신도 아는 것처럼 난 징역을 밥 먹듯이 살던 놈이라, 100일 정도 있다가 집행유예로 나오는 것은 일도 아니야. 하지만 집에 있다가 당신 앞에서 잡혀갈 때, 당신이 우는 모습을 보면 내가 들어가서도 계속 마음이 편치 않을 것 같아. 그러니 언제든 내가 당신 앞에서 잡혀가더라도 절대 울지 않겠다고, 이거 하나만 약속해 줘."

형사들에게 둘러싸여 병원 문을 나섰다. 주변 동네 사람들이 소문을 듣고 몰려와 간첩이라도 잡아가나, 호기심 어린 눈으로 지켜보았다.

내 생애 마지막 구속이기를

차는 남영동으로 가지 않고 불광동을 향했다. 길이 전혀 없을 것 같은 골목길에서 왼쪽으로 꺾자 야산을 깎아 새로 지은 붉은 건물이 나타났다.

취조실은 CCTV를 통해 취조하는 모습을 감시할 수 있게 시설이 바뀌어 있었다. 욕조 없이 샤워 꼭지만 있었고, 화장실은 앉으면 상체가 위로 다 드러나게끔 되어 있었다. 그밖에는 철제 책상과 의자 두 개, 그리고 매트리스 침대가 전부였다.

50대 초반의 형사가 볼펜과 백지를 책상 위에 올려놓으며 말했다. 이제껏 양아치나 도둑으로 취조를 받던 때와는 전혀 달랐다.

"임 사장, 자네가 태어나서 지금까지 살아온 과정을 다 쓰게."

'글'을 쓰라는 것 자체가 사람대접을 해주는 것 같아서 신기했다. 물론 써야 할 내용에 대해서는 거리낄 게 없었다. 『걸밥』에 이미 다 적어놓은 뒤라 마음이 편했다. 한마디로 그건 전과 이력서 같은 것이었다.

진술서를 본 형사들이 놀라 물었다.

"전과가 없던데?"

"제가 가호적을 만들 때 전과가 없는 것으로 만들어 그렇습니다. 지문 조회를 하면 다 나올 겁니다."

지문을 찍어 전과 이력을 확인하자 다들 벌어진 입을 다물지 못했다. 나는 상황이 어떻게 흘러갈지 짐작할 수 있었다. 조직 사건도 아닌 데다 이미 사전구속영장까지 떨어진 사건이었다. 게다가 병원에서 체포해 왔고 박종철 물고문 사건이 벌어진 이후여서 나를 심하게 대하지는 못할 거라고 판단했다. 형사도 솔직하게 상황을 설명해 주었다. 그는 느긋하게 형식적으로 물었고, 나도 느긋하게 답했다.

다음 날 서대문경찰서 유치장으로 옮겨갔다. 그제야 마음이 편해졌다. 1974년 2월에 마지막으로 종로경찰서 유치장에 들어갔으니, 15년이라는 세월이 지나 다시 유치장에 들어가는 셈이었다. 10년이면 강산도 변한다는데 10년 하고도 5년이라는 세월이 흘렀으니 유치장의 분위기도 많이 변했을 거라는 기대마저 들었다.

하지만 예전과 달라진 게 없어 보였다. 다만 유치장 전체가 전보다 더 어두침침해진 것 같았다. 철장 속에 정자세로 앉아 있는 사람들의 얼굴을 쉽게 확인할 수 없을 정도로 어둡고 음산했다.

방위인지 의경인지 모를 젊은 사람이 나를 맞이했다.

"주머니에 있는 소지품을 다 꺼내 책상 위에 올려놓고, 혁대와 신발을 벗어 한쪽에 놓으세요."

나는 시키는 대로 했다. 어둠에 익숙해지면서 유치장 안에 앉아 있는 사람들의 얼굴을 겨우 식별할 수 있게 되었다. 그런데 맨 앞줄에 앉아 있는 친구가 눈에 띄었다. 내가 잘 아는 출판사의 대표로 있는 후배였다. 나는 반가워 그를 불렀다. 하지만 군기가 바짝 든 그는 대답도 제대로 하지 못했다.

"너, 사식 먹냐?"

그래도 대답이 없었다. 워낙 형편이 어렵다는 사실을 알고 있어서 사식을 못 먹을 것 같다는 생각이 제일 먼저 떠올랐다. 젊은 의경에게 말했다.

"내 돈 8만 원 중에서 5만 원은 저 친구한테 영치해 주고, 3만 원만 내 앞으로 해주세요."

그러곤 그에게 다시 말했다.

"일단 이거 쓰고 있어. 내가 면회 오면 네 이름으로 영치금 좀 더 넣어줄게."

내 말에 젊은 의경은 기분이 몹시 상한 눈치였다. 내가 자신의 존재를 완전히 무시하고 마치 소풍이라도 온 것처럼 마음대로 행동했기 때문이었다. 갑자기 그의 목소리에 힘이 들어갔다.

"이름."

"임승남입니다."

"이 사람이 죽만 처먹다가 들어왔나. 당신, 목소리가 그렇게밖에 안 나와?"

"……."

"내 말 못 알아들었어? 알아들었잖아?"

의경이 자리에서 벌떡 일어나 나를 잡아먹을 듯이 노려보며 말했다.

"뭐 이런 사람이 다 있어. 여기가 당신 집 안방인 줄 알아?"

그제야 능글맞게 생긴 나이 50줄의 순경이 갑자기 나타났다.

"이게 여기가 어딘 줄 알고 깡을 부리고 있어? 너 이 새끼, 이리 따라와."

그는 좁고 어수선한 데다가 붉은 전등이 비추고 있어서

당장 귀신이라도 튀어나올 것 같은 으스스한 사물함 쪽으로 나를 끌고 가 겁박했다.

"꿇어! 이 개새끼야! 여기가 어딘 줄 알고 깝죽거리고 있어?"

최소 15번 이상 유치장 신세를 졌지만, 이런 대우는 처음이었다. 한편으로는 사회에서 지낸 13년보다 이런 곳에서 지낸 세월이 훨씬 더 길어서인지 묘하게 고향에 돌아온 것 같은 기분도 들었다. 게다가 국가보안법이라는 훈장까지 달고 왔으니, 나는 그 모든 상황을 여유롭게 즐길 수 있었다. 무릎을 꿇고 빌어야 정상인데, '오래간만에 찾아온 손님에게 이러면 됩니까' 하는 식으로 쳐다보자 그제야 순경은 낌새를 알아차리고 물었다.

"당신 죄명이 뭐야?"

"국가보안법입니다."

나는 점잖은 목소리로 대답했다. 도둑질이나 하며 구질구질한 절도 죄명으로 들어오다가 국가보안법으로 들어왔으니 스스로 흐뭇했던 것이다. 순경은 나를 2층으로 데려가 경범죄 위반자들이 묵는 빈방에 집어넣었다.

19일째 되는 금요일에, 수갑을 차고 포승에 묶여 출판사

후배와 같이 서초동 검찰청 대기실로 넘어갔다. 예전엔 수갑과 포승줄 없이 서너 평밖에 안 되는 좁은 방에 사람들을 우겨 넣었었다. 그러나 겉만 나아 보일 뿐 예전과 다를 바 없었다. 젊은 의경들 10여 명이 자신의 형 또는 아버지, 할아버지뻘 되는 사람들을 초등학생들 다루듯 하며 위압적으로 군기를 잡았다. 전경 한 명이 20대 중반 젊은이를 주먹으로 때리자 그가 전경의 손을 붙잡고 대들었다. 그러자 주변에 있던 전경들이 몰려들어 두들겨 팼다. 저항하다가 쓰러진 젊은이를 발로 짓밟아 끌고 가는 모습을 보고 나는 절망했다.

일반 형사범들이 묶이는 가늘고 하얀 포승이 아닌 살인, 강도, 국가보안법 같은 특별관리대상들이 묶이는 굵고 푸른 포승에 홀로 묶여 지하로 내려갔다. 넓은 통로가 나왔다. 승강기를 타고 검사실로 들어가자, 정년퇴직이 얼마 남지 않았을 것 같은 검사가 책상 위에 두 다리를 올려놓은 채 신문을 보고 있었다. 그는 신문 너머로 나를 훑어보고는, 자신과는 관계가 없다는 표정을 지으며 도로 신문에 눈길을 돌렸다. 문 옆 철제 책상 앞에 앉아 두툼한 영문 책을 보고 있던 서기가 책을 덮고는 더러운 물건을 보는 듯한 표정으로 나를 맞았다.

형식적인 취조를 마치고 경기도 의왕시에 새로 지었다는 구치소로 향했다. 어느덧 밤이었다. 자동차들의 불빛과 상점의 네온사인 불빛이 평소와 다르게 가슴에 젖어들었다. 아무리 익숙한 척 마음을 달래봐도, 각자 가고 싶은 대로 걸어가는 행인들이 조금은 부러웠다.

이것이 내 생애 마지막 구속이기를. 나는 입속으로 가만히 중얼거렸다.

최후진술

1989년 8월 3일.

"임승남."

판사가 이름을 불러 앞으로 나갔다. 기소장을 본 판사는 전과자가 어떻게 버젓이 인문사회과학 출판사의 대표가 되어 국가보안법으로 들어온 것인지 영문을 모르겠다는 듯 나를 빤히 쳐다보았다. 박원순 변호사가 판사에게 내 자전소설인 『걸밥』을 건네며 말했다.

"이해가 잘 되지 않으실 겁니다. 저도 처음에는 그랬다가, 이 책을 보고 나서야 그나마 이해했습니다."

그도 그럴 것이, 나 같은 놈이 인문사회과학출판사 사장이 되어 국가보안법으로 들어온다는 것은 황소가 바늘구멍을 통과하는 것만큼이나 불가능에 가까운 일이었다. 13년 전 1976년 8월 8일, 대전교도소에서 특수절도죄로 2년 6개월을 살고 만기출소했을 때 나의 이력은 아동보호소와 소년원을 밥 먹듯이 드나들다가 교도소에 7번이나 수감된 말종 중의 말종이었다.

까마득하고 흐릿한 감각처럼 새겨진 기억들이 있다.

다른 아이들이 부모 품에서 재롱을 떨 나이에 나는 고아가 되어 길에 툭 떨어졌다. 정처 없이 걷고 또 걷다가, 경찰서에 찾아가 먹다 남은 누룽지를 얻어먹고 쪽잠을 자면서 살아남았다. 우연히 남대문 지하도까지 흘러들어간 나는 또래 친구들을 따라 앵벌이를 시작했다. 10살 때쯤엔 시라이막에서 생활하면서 남들이 손가락질하는 도둑질을 했다. 그렇게 내 집처럼 드나들던 교도소 생활을 끝내고 1976년 출소 후에 출판사 일을 시작했다.

이 모든 파란만장한 이야기가 담겨 있는 『걸밥』이 판사 손으로 넘어가는 것을 나는 지켜보았다. 잠시 후 판사가 말했다.

"특별한 거 없으면 바로 구형하지요?"

"예, 그렇게 합시다."

박원순 변호사가 응하자 검사가 3년을 구형했다. 그건 북한 원전을 펴내고 국가보안법으로 들어오는 사람들의 고정 형량이었다.

"피고인은 할 말 있으면 하세요."

나는 준비해 온 최후진술서를 천천히 읽기 시작했다.

존경하는 재판장님.

저는 전쟁으로 인한 고아들이 살아남기 힘든 토양에서 기적적으로 살아남았습니다. 네 살 때로 기억합니다. 남대문 지하도에 며칠만 늦게 갔다면 아마 기진맥진해진 후에 흔적도 없이 사라졌을 것이며, 영광스런 이 자리에 서 있지도 못했을 겁니다.

어떻게 살아야 할지 선택권 같은 것을 받아본 적도 없었습니다. 그저 개돼지 같은 동물처럼 살아남아야겠다는 본능에 따라 남대문 지하도에서 앵벌이로 세상살이를 시작했고, 밥을 구걸해 먹다가 나중에는 도둑질까지 하며 살았습니다. 서울시립아동보호소와 불광동소년원, 그리고 대한민국의 여러 교도소를 제집처럼 드나들었습니다. 스무 살이 넘도록 꿈과 희망 같은 것은 고사하고 무엇을 해보겠다는 작은 바람조차 가져보지 못한 채 하루하루 아무 생각 없이 살았습니다.

감방에서 책을 접하고 나서는 나도 다른 사람들처럼 평범하게 살아볼까 하는 생각도 들었습니다. 모든 이들이 제각기 나름대로 노력해서 살기에, 그 삶이 제게도 쉬울 줄 알았습니다. 하지만 쉽지 않았습니다. 일반적인 사람이 되기 위해 죽을힘을 다해 노력했지만 그때마다 번번이 실패했습니다.

전 어릴 때 부모님의 사랑과 보살핌을 받지 못했고, 무엇이 옳고 그른지도 배우지 못했습니다. 그런 제가 새로운 인간으로 다시 태어나서, 이 사회에 조금이라도 보탬이 되고 싶다는 희망이 있었습니다. 다시 도둑질을 하느니 차라리 죽더라도 인간으로 죽는 것이 보람될 것이라고 생각했습니다. 나 같은 하루살이보다도 사회를 이끄는 성공한 사람들의 욕망과 탐욕이 이 세상을 병들게 한다는 걸 미리 알았더라면, 양의 탈을 쓴 늑대들이 국민의 피와 살을 발라먹고 있는 이 구조적인 문제를 미리 알았더라면 애써 새사람이 되려고 하지도 않았을 겁니다.

존경하는 재판장님, 그리고 방청객 여러분.

전 죽을 고비를 여러 번 넘기고 운 좋게 살아남았습니다. 동상에 걸려 앉은뱅이가 될 뻔한 적도 있고, 늑막염에 걸려 죽을 뻔한 적도 있습니다. 20대라는 젊은 나이에 폐결핵을 앓기도 했습니다. 그리고 지금, 저로서는 감당하기 어려운 이 영광스런 자리에 섰습니다. 방청석에 앉아 있는 지인들과 돌베개 출판사 식구들, 그리고 사랑하는 아내와 아들딸의 이름을 걸고 앞으로도 제 건강이 허락하는 한 더불어 사는 민주사회를 만드는 데 보탬이 된다면 기꺼이 팔다리 하나쯤은 내놓을 것을 이 자리를 빌려 약속드립니다. 저는 만물의 영장인 인간으로 태어났으면 옳고 그름이 무엇인지 깨닫고, 어둠 속에서 잠깐 빛났다가 사라지는 반딧불처럼 사회에 작은 보탬이나마 되는 삶을 살아야 한다고 생각합니다.

이상으로 최후진술을 마치겠습니다.

살아 있는 모든 생물은 자신이 처한 한경에서 적응해 살아가는 법을 습득한다. 특히 인간은 그 방면에서 다른 동물보다 탁월한 재능을 지녔다. 나는 하고 싶었던 말을 쏟아낸 뒤에 자리에 앉았다. 좁은 법정 안에 박수 소리가 울려 퍼졌다.

"선고 공판은 2주 후에 하겠습니다."

판사의 말을 끝으로 나는 방청석에 있는 지인들을 빠르게 훑어보며 재판장 밖으로 나갔다. 그 속에는 유난히 또렷한 아내의 얼굴도 있었다.

재판을 받고 돌아온 그날, 어쩐 일인지 사형수 고금석이 아침저녁으로 두드리던 목탁 소리가 밤늦도록 들리지 않았다. 가슴이 덜컥 내려앉으며 몸에 있던 모든 기운이 스르르 빠져 나가는 것을 느꼈다.

제일 화목한 부부처럼

구멍이 숭숭 뚫려 있는 플라스틱 장벽을 앞에 두고 처음
으로 아내와 마주했다. 지금껏 그 오랜 기간 동안 철창 안에
있어 보았으면서도, 누구 하나 면회를 온 적은 없었다. 아내
는 일주일에 두세 번 정도 면회를 왔다. 돌베개 출판사 식구
들과 거래처 사람들, 심지어 어릴 때 친구들까지 오다 보니
거의 매일 면회를 하러 나가야 했다. 마치 예전에 징역을 살
때 면회 한번 못 한 한을 풀어주자고 작정들이라도 한 것 같
았다.

국가보안법 사범으로 지내는 독방 생활은 전과는 여러모
로 차이가 났다. 운동 시간에도 사형수와 국가보안법 사범
같은 요시찰 수형자들은 서너 평 정도 되는 좁은 마당에 가
둬놓고 운동을 시켰다. 그마저도 햇볕을 온몸으로 받아들
이면서 흙을 밟아볼 기회라 하루 일과 중 가장 소중했다. 당

시 유행하던 말처럼 '한라에서 백두까지' 걸어가는 기분으로 열심히 걷고 또 걸었다. 땀에 젖은 몸을 찬물로 씻고 나서 큰대(大)자로 독방에 누워 있는 기분은 무엇과도 비교하기 힘들 만큼 상쾌했다.

어느 날, 일반 접견실이 아닌 탁자를 사이에 두고 마주앉아 이야기를 할 수 있는 변호사 접견실로 들어갔다. 기다리고 있던 박원순 변호사가 반갑게 나를 맞이했다. 당시 그는 역사비평사를 맡아 운영한 적이 있었기 때문에 서로 잘 아는 사이였다. 역사문제연구소 개설에도 재정적으로 큰 도움을 주어 운동권에서도 존경을 받고 있었다.

"어차피 답은 정해져 있는 거니까, 하루라도 빨리 나가는 쪽으로 합시다."

박원순 변호사와 헤어져 방에 들어오자 접견 담당 교도관이 또 나를 불러냈다. 아내나 지인들이 면회를 온 줄 알았는데, 이번에는 접견실이 아닌 보안과 사무실 쪽으로 데려갔다. 특별 접견실로 들어가자 이해찬 국회의원이 소파에 앉아 있다가 일어나며 손을 내밀었다.

"건강은 좀 어때?"

"담석 수술도 하고, 술 담배도 못 하는 요양소에 와서 푹 쉬고 있으니까 몸은 좋지 뭐. 그런데 나랏일 하기에도 바쁘신 국회의원님께서 어쩐 일로 면회를 다 왔어?"

"부부에게 특별 면회라도 시켜줄까 해서 왔지. 그런데 규정상 부부라도 특별 면회는 안 된다고 하네. 그래도 가족 면회는 특별히 시켜주겠다니까, 조금 있으면 아이들과 아이 엄마를 볼 수 있을 거야."

방으로 들어갔다가 곧 일반 접견실로 갔다. 벨이 울려 접견실로 들어가자 아내가 아들 형준이와 딸 지연이의 손을 잡고 들어왔다.

"아이들은 데려오지 말라고 했잖아. 왜 데려와? 좋은 곳도 아닌데."

"이해찬 씨가 특별 면회를 시켜준다고 해서, 당신 품에 아이들을 안겨주려고 데려왔더니 안 된다잖아. 나도 그 덕에 당신 손 한번 잡아보려고 기대하고 왔는데……."

"당신이 안기고 싶었던 거 아냐?"

"어떻게 그곳에서도 내 맘을 그렇게 잘 알아요."

"아빠, 내가 아빠 쪽으로 넘어가게 문 좀 열어봐."

아들이 나에게 올 것처럼 굴었다.

"형준아, 나가서 저쪽으로 돌아서 와."

내 말이 끝나기도 전에 아들놈은 말을 그대로 믿고 접견실 문을 씩씩하게 열고 나갔다. 딸 지연이는 뭔가가 좀 부자연스러운지 큰 눈을 멀뚱하게 뜨고 미심쩍은 표정으로 그 모습을 바라봤다.

잠시 후 아들이 헐레벌떡 들어왔다.

"아빠, 막혀 있어. 갈 수가 없어."

"그래? 그럼 이번에는 반대쪽으로 돌아서 와봐."

아들은 이번에도 다시 신이 나서 문을 밀고 또 나갔다.

"당신한테 보여주려고 이거 가져왔어."

아내는 호두과자 갑의 투명 플라스틱을 활용해 칸칸이 가족사진을 넣어 벽에 걸어놓았던 것을 보여줬다. 아들이 다시 들어왔다.

"아빠, 거기도 막혀 있어. 그러지 말고 그 창문 좀 열어봐. 내가 아빠 쪽으로 넘어갈게."

아내가 아들을 제지하며 말했다.

"형준아, 지금 아빠가 몸이 아파서 넌 저쪽으로 갈 수가 없으니까 엄마 옆에 그냥 있어. 알았지?"

잠시 후 면회 종료를 알리는 벨이 울렸다. 아이들과 손을 흔들며 헤어지고 돌아오는데 접견교도관이 말했다.

"제가 접견을 담당한 이래 그동안 많은 국가보안법 사람들을 지켜보았는데요. 그 사람들 중에서 제일 화목한 부부처럼 보이네요."

그의 말이 틀리다고는 생각하지 않았지만, 사랑이나 행복은 자로 재듯 비교할 수 없다고 생각해서 그저 웃음으로 답했다.

최후진술을 마친 밤, 생전 꿈에 나타나지 않던 아버지가 나왔다. 돌아가실 때처럼 부릅뜬 눈으로 날 책망하듯 노려보는데, 얼마나 놀랐는지 자리에서 벌떡 일어났다. 등줄기에 식은땀이 주르륵 흘러내렸다. 다시 잠이 들 것 같지 않아 화장실 창가로 가서 달을 바라보았다. 미완성의 보름달에 기억 속 희미하게 남아 있는 아버지의 얼굴을 그려나갔다. 그리고 그 옆에 엄마의 모습도 그려 넣었다.

나는 허둥지둥 바쁘게 움직였다. 문득 부모님 제사를 모셔야겠다는 결심이 섰기 때문이었다. 마음이 설레기도 했지만, 어떻게 해야 하는지 절차를 몰라 주변 사람들한테 묻기도 했다. 제사란 부모님이 돌아가신 날을 기려 지내는 것이며 설날과 추석 같은 명절에도 지낸다는 사실을 알았다. 나는 두 분이 돌아가신 날짜를 모르니 명절 때 제사를 지내야겠다고 생각했다. 마침 추석이 코앞이었다. 나는 소지들에게 부모님께 바칠 밥과 국을 미리 준비해 달라고 부탁했다. 과자와 빵, 떡, 훈제 돼지고기와 닭고기는 물론이고 사과나

배, 참외, 포도 같은 과일도 신청했다. 소지들은 따로 플라스틱 수저도 구해주었다. 내가 있는 감방은 남향이라 문이 북쪽에 있었다. 부모님이 들어오시기 편한 문 쪽에 제사상을 차릴 수 있다는 생각에 마음이 흡족했다. 제사상은 신문지로 대체할 수밖에 없었다. 상갓집에서 절을 하듯 큰절을 두 번 하고 일어나서 짧게 반 인사를 한다는 것도 배웠다.

추석 날, 깨끗한 몸으로 인사드리라는 의미에서 온수 목욕을 할 수 있었다. 독방에 있는 사람들은 드럼통에 따뜻한 물을 받아놓은 뒤 한 사람씩 들어갔다. 나 역시 창고 같은 곳에서 드럼통 옆에 쪼그리고 앉은 다음 바가지로 물을 떠서 어깨 위에 부었다. 그동안 찬물만 사용하다가 따뜻한 물이 등을 타고 흘러내리자 마치 따뜻한 엄마의 손길이 등을 쓰다듬어 주는 것 같았다. 몇 번 더 물을 어깨 위로 붓다가 드럼통 속으로 들어갔다. 이번엔 엄마가 포근하게 품어주는 것 같았다. 생각지도 못했던 엄마의 품을 느낄 수 있었던 건, 아침저녁으로 들리던 고금석의 목탁 소리 덕분이었을까. 혹은 사회에서 묻은 시커먼 먼지를 참회와 반성으로 씻어내 다시 동심의 심신으로 돌아왔기 때문일 수도 있었다.

부모님이 들어오시기 편하게 공간을 마련하고, 신문지 제사상을 펼치고, 추석이라고 특별히 나온 하얀 쌀밥과 고깃국, 플라스틱 숟가락과 젓가락을 가지런히 놓았다. 나머지 음식도 두루 올려놓았다. 과일의 꼭지 부분을 조금씩 깎아놓으니 두 분이 흐뭇한 미소를 지으며 앉아 계시는 것 같았다. 난생처음 큰절을 정성스럽게 올렸다.

"아버님, 어머님. 진작 찾아뵙고 인사를 드렸어야 했는데, 이 못난 불효자식이 아버님의 엄한 질책을 받고서 이제야 인사드립니다. 오늘은 이곳에서 저 혼자 인사드리지만 다음에는 예쁘고 속 깊고 착한 며느리와 토끼 같은 손자 손녀도 같이 인사드릴 테니, 지금까지 찾아뵙지 못한 불효자식을 너그럽게 용서해 주세요. 그래도 제가 장하지 않으세요? 고아가 되어 죽지 않고 살아남아 도둑질을 하면서 남한테 피해만 입히던 제가 이제는 다른 사람들 밥그릇까지 챙기려고 애쓰고 있어요. 이런 모습을 하늘나라에서 보시니 흐뭇하시죠? 아버님, 어머님. 어린 절 이 세상에 놓아두고 가실 때 두 분 마음이 얼마나 괴롭고 한이 맺히셨어요. 제가 이렇게 한 인간으로 자랄 수 있었던 것은 두 분이 저를 사랑으로 키워주셨기 때문이고, 그래서 엄마의 깊은 사랑이 담긴 손길과 포근하고 따뜻한 품을 느낄 수 있었다고 생각해요. 이승에서의 한은 다 잊으시고, 이제부터는 하늘나라에서 손녀 손자 재롱 떠는 거 보시면서 마음 편안히 지내세요.

그리고 부탁이 있는데요. 헤어진 형과 누나, 동생들 좀 찾게 해주세요. 특히 보자기에 싸여 울던 동생을 생각할 때면 잘 지내고 있는지 걱정되어 코가 시큰거리며 눈물이 절로 맺혀요. 지금도 눈물이 나려고 하네요. 하지만 처음 인사드리는 아버님과 어머님 앞에서 눈물을 보이면 마음이 불편하실까 봐 오늘은 참을게요. 돌아오는 설날에는 꼭 며느리와 손자 손녀와 함께 찾아뵐게요. 그때까지 하늘나라에서 저의 가족을 지켜봐 주세요."

절을 드리고 나자 그동안 한으로 맺혔던 죄스러움에 꾹 누르고 있던 눈물이 터져 나왔다. 나는 죄를 눈물로 다 씻어 내기라도 하듯 오랫동안 흐느꼈다.

임승남 사장님 환송회

서울구치소에서 징역 1년, 집행유예 2년을 선고받고 나온 후 회식 자리에서 직원들에게 말했다.

"난 글을 쓰고 나면 돌베개 출판사를 떠날 사람이니까, 앞으로는 내가 없다고 생각하고 모든 것을 주간 체제로 운영해라."

구치소에서 지내는 동안 이 사회에 조금이라도 이바지하기 위해 무엇을 해야 할까 고민했다. 첫째, 글을 쓴다. 둘째, 돌베개 출판사를 떠나야 한다. 출소 후에 이 두 가지를 꼭 하고 싶었다. 그것들은 소망인 동시에 내 어깨를 오래도록 내리누르던 무거운 짐이기도 했다.

사실 출판사에서는 딱히 할 일이 없었다. 창립 초창기에야 운영과 영업, 제작까지 다 내가 해야 했지만, 어느 정도 자리가 잡힌 뒤로는 내 역할이 점점 줄어들었다. 당연한 과정이고 결과였다. 출소하던 무렵에는 편집, 영업, 경리 부서에 직원이 모두 12~15명 정도나 되었다. 그들이 저마다의 역할을 충실히 해낸다면 내가 할 일은 솔직히 많지 않았다. 영어를 몰라 기획에 도움을 줄 수도 없었다. 그저 지인들을 만나 세상 돌아가는 이야기나 하고, 정치인들을 안주로 술을 마시고 바둑이나 두면서 하루하루를 보내기 일쑤였다. 그러다가 가끔은 좋은 일을 한답시고 주변에 돈을 주곤 했으니, 출판사 입장에서는 사장이라는 명분으로 내가 해를 끼치는 것일 수도 있었다. 그래서 회사에서 손을 떼겠다고 마음먹은 것이었다. 출판사가 완전히 자리를 잘 잡았으니, 이제 더 잘 해낼 사람에게 물려주는 것이 맞다는 생각이 들었다.

나는 감정을 속에 담아놓고 있지 못하는 성격이라 지나가는 말처럼 자연스럽게 내 의사를 밝혔다. 술자리라 시끄럽기도 하고 사장인 내가 스스로 떠나간다는 것이 별로 실감나지 않는지, 직원들은 한쪽 귀로 듣고 한쪽 귀로 흘려버리는 것 같았다.

내가 국가보안법으로 들어가기 전, 돌베개 출판사는 5000만 원을 몇 개월 연속으로 수금했다. 인문사회과학 책은 광고를 거의 하지 않고 인세도 나가지 않는 책들이 많아 일반 출판사보다 수익성이 좋은 편이었다. 그 정도를 지속적으로 수금할 정도면 출판사가 충분히 안정권에 들어온 것이라 판단할 만했다. 그런데 출소한 후에는 수금액이 1억 원을 넘어섰다. 소련과 동구권 세력이 무너진 후에는 8000~9000만 원 정도로 약간 떨어지기도 했지만, 회사 운영에는 조금의 어려움이 없었다.

마침 인문사회과학 출판사들이 공동 창고와 유통회사를 설립하기로 뜻을 모아 우리도 출자금을 냈다. 파주출판단지에다 사옥을 올릴 300평 땅에 대한 계약금 1000만 원도 지불한 뒤였다. 아직 정확히 언제 건물을 올릴지 기약은 없었지만, 돌베개 출판사가 내로라하는 출판사들과 함께 출판의 미래를 꿈꿀 만큼의 능력과 자격은 인정받은 것 같아 뿌듯했다.

이때 내 나이가 40대 중반이었으니 10년만 더 흘러도 50대 중반이 될 것이었다. 그 나이가 되면 심신이 허약해져 마음이 변할지도 모르고, 돌베개 출판사가 지금처럼 잘된다는 보장도 없었다. 떠나려면 출판사가 어느 정도 안정되어 있고 개인적으로 무엇이든 다시 도전할 수 있는 기백이 살아 있을 때가 아니면 안 된다고 생각했다.

그렇게 글을 쓰기 시작했다. 글을 먼저 완성하고 출판사를 물려주기엔 시기가 늦을 것 같아 글을 쓰기에 앞서 먼저 출판사를 떠나는 일부터 하자고 결심한 거였다. 그런데 막상 시작하고 보니 이룰 수 없는 꿈을 꾼 것은 아닐까, 싶었다. 어쩌면 이렇게 매달려 세월만 보낼 것 같은 느낌마저 들었다. 생계를 위해서 개인택시를 하고 아내에게는 가게를 차려주어야겠다는 어렴풋한 생각은 있었다. 그러나 말이 쉽지, 신경 쓰이는 게 한두 가지가 아니었다. 무엇보다 아내의 근심이 걱정됐다. 내가 뜻을 밝히자 아내 얼굴에 수심이 가득해졌다.

"당신의 뜻은 이해해요. 그러나 형준이와 지연이도 어리고, 돌도 지나지 않은 어린 고은이도 있으니까 아이들이 클때까지는 출판사를 그냥 했으면 해요."

출판사를 물려준다는 명분에 집착하느라 가정에 대해서는 상대적으로 소홀히 생각하고 있었던 것이 사실이었다. 아내의 솔직한 심정을 듣자 적잖이 불안하고 또 불편했다. 그때 아내가 더 강하게 반대를 했더라면 내 뜻을 접거나 나중으로 연기했을지 모른다. 그러나 아내는 그 이상으로 심하게 반대하지 않았다. 모든 것을 떠나서, 내가 오래 생각해서 내린 결정이니만큼 존중하겠다는 뜻이었다.

오히려 어릴 적 친구들의 반대가 심했다.

"너한테 도움을 받아 이런 말을 하는 것이 아니다. 털메기

걸치고 까바리 들고 걸 달아 먹던 친구 놈들 중에서, 가방 끈이 긴 지식인이나 하는 출판사를 하는 놈이 누가 또 있겠냐? 그것도 인문사회과학 책을 내는 출판사 사장이 어릴 때 같이 걸 달아 먹던 친구라고 하면 괜히 으쓱해진다. 그래서 네놈을 만나고 나면 덩달아 나도 기분이 좋아져, 새끼야."

학삐리는 이때 청계천에서 헌책방을 하고 있어서 다른 친구들보다 내 사정을 더 잘 알았고, 그런 만큼 반대도 더 심했다.

"이쁜이 너, 70년도에 마음잡으려고 평화시장에서 구두 닦던 때를 생각해 봐. 어쩌다 네놈이 운 좋게 출판사에 취직해 일이 쉽게 잘 풀리다 보니 행복에 겨워 세상 무서운 줄 모르는 모양인데, 세상살이가 네놈 생각하는 것만치 만만치가 않아. 배부른 소리 하지 말고, 하던 출판사나 계속해. 이런 말이 우습게도 들리겠지만 넌 이제 그냥 임승남이가 아니야. 네다섯 살에 고아가 되어 앵벌이로 걸을 달아 먹다가 소년원과 교도소를 밥 먹듯이 드나들던 네놈이잖아. 그런 놈이 출판사, 그것도 버젓한 돌베개 출판사 사장이 되고, 그러다가 또 국가보안법으로 들어갔다가 나왔다? 내가 이렇게 말하면 사람들이 너 같은 놈을 친구로 둔 나까지 다시 보는 것 같아 기분이 좋아진다구. 생각해 봐라, 이쁜아. 친구 놈들 중에서 너처럼 잘 풀린 놈이 한 명이라도 더 있으면 내가 이런 말 안 한다. 우리 중에서 유일하게 잘 풀린 네놈이 출판사를 그만둔다고? 배가 불러서 호강에 겨운 소리를 하는 것도 그렇지만, 말하자면 그건 너를 보고 우리가 느끼는 자존감과 행복까지 빼앗아가는 거라고. 그러니 딴맘먹지 말고 그냥 해, 개자식아."

학삐리 말이 맞을 수도 있다고 생각했다.

하지만 나는 결국 1993년 4월에 돌베개 출판사를 떠났다. 직원들 입장에서는 좀 섭섭했던지, '임승남 사장님 환송회'라고 적힌 현수막까지 걸어놓고 공식적인 환송회를 거창하게 열어주었다. 그 자리에는 동료 출판사 사람들과 거래처 사람들, 나를 아는 저자와 번역자들, 그리고 전에 근무했던 직원들까지 두루 초대했다. 직원들은 내가 출판사를 13년 동안 잘 이끌어줘 고맙다는 감사패와 행운의 열쇠를 선물로 주었다. 그리고 마지막 소감을 부탁했다. 사실 일단 떠나면 출판사가 망하든 홍하든 전혀 관심을 보이지 않으려고 했다. 하지만 막상 떠나려 보니까 '운영위원' 제도 자체가 애매하다는 생각이 들었다. 그래서 그에 대한 입장을 밝힐 필요가 있다고 여겨 이렇게 말했다.

"제가 돌베개를 떠난 것은 출판사가 의미 없어서가 아닙니다. 외려 그 반대입니다. 전『새 마음의 샘터』라는 책으로 인해 구제불능에서 한 인간으로 돌아와 지금에 이르렀기 때문에, 책이야말로 어둠 속에서 목적지를 찾지 못하고 헤매고 있을 때 길을 밝혀주는 등대 같은 것이라고 생각합니다. 또한 책이 있어서 이 세상도 진화해 왔다고 확신합니다. 그런데도 제가 출판사를 떠나는 것은 더불어 사는 민주주의 사회를 만드는 데 조금이라도 보탬이 되리라는 확신이 들었기 때문입니다. 이해찬 씨가 이 자리에 있어 하는 말이지만, 전 출판사를 이해찬 씨한테 물려받은 것이 아니라 제가 인수했습니다. 이제야 이 말을 꺼내는 것은, 지금처럼 출판사가 잘될 때는 관계가 없지만 만약 장사가 되지 않아 부채가 쌓일 때 분란이 일어날 소지도 있을 것 같다는 생각이 들어서입니다. 책임 소재가 불투명한 공동운영위원 제도 같은 방식보다는 한 사람이 모든 것을 다 책임지고 운영하는 것이 더 낫겠다 싶습니다. 그래서 굳이 이 사실을 밝힙니다."

그리 크지 않은 사무실에 50여 명의 사람들이 복작거리다 보니 너무 시끄러워 내 말을 귀담아 듣는 사람은 많지 않았다. 그래도 나는 나의 소신을 이때 분명히 밝혔다. 이렇게 나는 내가 그토록 사랑하고 애독했던 '전태일 평전'의 출판사를 운영했다는 자부심을 가지고 떠나게 되었다.

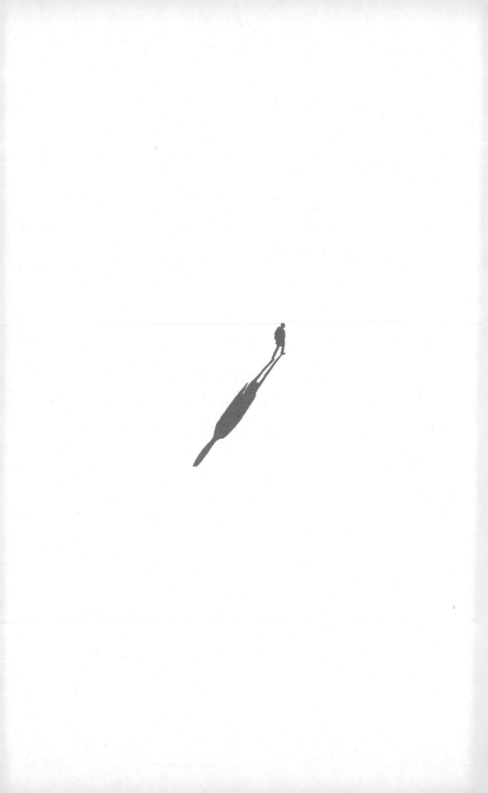

당신, 그걸 이제야 알았어?

나는 태어나서 10대 후반까지 머리를 거의 사용하지 않고 동물처럼 본능에 의지해 살았다. 내가 처한 환경은 배고픔, 도둑질, 싸움, 고문, 신고식, 징역, 죽음 같은 일이 언제 어떻게 시작될지 모르는 정글 같은 세계였다. 평범한 사람이라면 공포 때문에 살아갈 수 없는 곳에서 나는 가장 무식한 데다가 폭력성까지 갖춘, 죽음을 두려워하지 않는 사나운 짐승처럼 자라났다.

수감 중에 공부를 해서 마음을 잡아보겠다고 처음 결심한 건 우연히 만난 한 권의 책 덕분이었다. 내가 인생에서 남들만큼 머리를 쓴 것은 의정부교도소에서 처음 한글을 배우면서 몇 달, 그리고 안양교도소에서 또 몇 달, 모두 합해서 1년 정도가 전부다. 돌처럼 굳어버린 머리를 무리하게 사용해서인지 결핵으로 피까지 토하면서 심하게 앓았고 죽을 고비를 여러 번 넘겼다. 그때는 젊음 때문인지 아니면 무식 때문인지는 몰라도, 인간의 길을 걷다가 그렇게 죽는 것도 보람 있다고 생각했었다.

돌베개 출판사 대표직을 그만두고 본격적으로 글을 써보겠다고 매달렸지만, 앉아 있는 시간이 아무리 많은들 스스로가 봐도 내 글은 글답지가 않았다. 상상력을 동원해 없는 사실을 만들어서 쓰거나 내가 살아온 삶을 완벽하게 복원해서 쓰겠다는 것도 아니었다. 그저 누군가가 알아볼 수 있을 정도로만 쓰는 것이니 금세 될 줄로만 알았다. 비록 문외한이지만, 그래도 출판사에서 영업자와 대표로 일하며 책은 어지간히 봐왔으니. 하지만 천만의 말씀이었다.

기초라도 배워볼까 싶어 글쓰기 교실을 찾아가기도 했다. 하지만 말도 꺼내지 못하고 발길을 돌렸다. 수업을 따라갈 수도 없을 것 같기도 했지만, 다른 사람들이 배우는 방식을 따르다 보면 제풀에 지쳐 나가떨어질 것 같았다. 안 되는 것을 억지로 해내려고 하기보다는 한 달이고 두 달이고 다시 쓰고 싶은 마음이 들 때까지 기다리기로 했다. 내가 야수에서 한 인간으로 돌아오는 데에 7년 정도가 걸렸다면, 글쓰기는 그 몇 배를 들여도, 어쩌면 내가 죽을 때까지 해내지 못할 수도 있다는 두려움도 밀려왔다. 그래도 나는 포기하지 않고 내 방식대로 글을 써보기로 했다. 글 같지 않은 글이라도, 일단 써놓고 나서 고치고 또 고치고 하다 보니 어수선하게 엉켜 있던 생각들이 조금씩 정리가 되기 시작했다.

"여보. 나는 내가 신부나 스님, 목사 같은 부류가 아닌가 하는 생각이 들어."

어느 날 낑낑거리며 글을 쓰다 말고 문득 이런 생각이 떠올라 아내에게 말했다.

"당신, 그걸 이제야 알았어? 난 진즉에 알았어."

아내는 자신 있게 대답했다. 그동안 살면서 싫은 내색 한 번 보이지 않은 아내가 새삼 고맙고 위대해 보였다.

나는 용기를 얻어 컴퓨터 앞에 앉아 이렇게 글을 썼다. 어느새 20년이 흘렀다. 글을 다 완성하고 나니 지난 20년 세월이 주마등처럼 스치고 지나간다. 아니, 한평생의 내 인생이 한순간처럼 느껴지기도 한다. 내가 야수에서 인간으로 건너오기까지는 수많은 절망과 실패, 그리고 그보다 더 소중한 많은 사람들의 사랑과 우정, 연대가 있었다.

만약 어떤 인생이라도 지금 살아 숨 쉬는 것 자체가 싫을 정도로 고통이 심하다면, 그것은 올바른 인간에 대한 갈망과 열망이 그만큼 크기 때문이다. 그러니 그 고통 또한 아주

귀하다. 고통이 지나가고 나면 몸과 마음이 한층 성숙해질 것이 분명하다. 그래서 인간은 어떤 경우에도 인간답게 사는 도전을 멈추지 않아야 한다. 도전하는 정신이야말로 본능대로 살아가는 야수와 다른, 인간에게 있어서 가장 중요한 점이 아니겠는가.

그러나 지금 우리 모두는 그런 삶으로부터 너무 멀어져 있다. 인간다운 인간으로 살아보겠다는 결심을 하고 난 뒤의 나는 새삼 물질보다는 마음이 더 중요하다는 것을 다시 깨닫게 되었다. 요즘 시대에는 단단한 뿌리를 내리지 못해 이리저리 흔들리는 사람들이 너무 많다는 생각을 한다. 눈을 가리는 욕심과 야망을 내려놓고 나면 사물도, 세상도 다시 밝게 보이기 마련인데, 남들과 비교하며 조급해하는 삶에 묶여 살고 있다. 그런 이들에 대한 안타까움과 슬픔이 자연스레 내게 밀려온다.

이 책을 읽는 독자들은 나의 보잘것없는 인생 이야기를 거울삼아, 함께 더 인간다운 사회를 만들어갔으면 한다. 책에는 사람을 변화시키는 힘이 있다. 내가 우연히 만난 한 권의 책을 통해 인생을 바꾸었듯이 독자들의 인생도 바뀔 것이라 믿고 싶다.

마지막으로 나처럼 태어나 인간답게 제대로 살아보지도 못하고 잡초처럼 천대와 멸시만 받으며 모진 세파에 시달리다가 흔적도 없이 사라진 전쟁고아들, 까바리 들고 털메기를 입고 같이 걸 달아 먹으며 도둑질을 하다가 소년원과 교도소를 밥 먹듯 드나들었던 산양아치 친구들, 먼저 저세상으로 간 빽과 빨강의 얼굴이 몹시도 그립다. 책이 나오면 달 밝은 밤, 살아 있는 친구들과 죽은 친구들의 영혼을 불러 소주 한잔 나누어 마시고 싶다.

이토록 평범한 이름이라도

초판 1쇄 인쇄 2023년 11월 15일
초판 1쇄 발행 2023년 11월 23일

지은이 임승남
펴낸이 김선식

경영총괄 김은영

콘텐츠사업2본부장 박현미

책임편집 임고운 **디자인** 정명희 **책임마케터** 박태준
콘텐츠사업6팀장 임경섭 **콘텐츠사업6팀** 한나래, 임고운, 정명희
편집관리팀 조세현, 백설희 **저작권팀** 한승빈, 이슬, 윤제희
마케팅본부장 권장규 **마케팅4팀** 박태준, 문서희
미디어홍보본부장 정명찬 **영상디자인파트** 박장미, 김은지, 이소영
브랜드관리팀 안지혜, 오수미, 문윤정, 이예주
지식교양팀 이수인, 염아라, 석찬미, 김혜원, 백지은
크리에이티브팀 임유나, 박지수, 변승주, 김화정, 장세진
뉴미디어팀 김민정, 이지은, 홍수경, 서가을
재무관리팀 하미선, 윤이경, 김재경, 이보람, 임혜정
인사총무팀 강미숙, 김혜진, 지석배, 황종원
제작관리팀 이소현, 최완규, 이지우, 김소영, 김진경, 박예찬
물류관리팀 김형기, 김선진, 한유현, 전태환, 전태연, 양문현, 최창우, 이민운

펴낸곳 다산북스 **출판등록** 2005년 12월 23일 제313-2005-00277호
주소 경기도 파주시 회동길 490
전화 02-704-1724 **팩스** 02-703-2219
이메일 dasanbooks@dasanbooks.com
홈페이지 www.dasan.group **블로그** blog.naver.com/dasan_books
용지 스마일몬스터 **인쇄** 정민문화사 **코팅 및 후가공** 평창피앤지 **제본** 정민문화사

ISBN 979-11-306-4858-3 (03810)